이니셜라이즈
initialize

이니셜라이즈
임동일 지음

발 행 | 2023년 11월 30일
펴낸이 | 권지연
펴낸곳 | 소울크로싱
만든이 | 권지연 임동일 박준태
제조국 | 한국
연 령 | 14세 이상
등 록 | 2021.11.10.(제2021-000101호)
주 소 | 경기도 수원시 영통구 광교로 156 광교비즈니스센터 11층
이메일 | ann0070@hanmail.net

ISBN 979-11-976777-4-8

soul-crossing.tistory.com
「이 도서의 국립중앙도서관 출판예정도서목록(CIP)은 서지정보유통지원시스템 홈페이지(seoji.nl.go.kr)와
국가자료공동목록시스템(www.nl.go.kr/kolisnet)에서 이용하실 수 있습니다.」

이니셜라이즈

임동일 지음

SOUL Crossing

이니셜라이즈 「initialize」

초기-화 「初期化」

- 차 례 -

프롤로그	가인	7
01	학기말시험	13
02	모의 전투	26
03	5도살장	38
04	통과의례	50
05	유령의 시간	63
06	변조된 기억	76
07	공중항해	90
08	검은 숲	103
09	자유연합	118
10	진짜 바다	133
11	불량품	148
12	꼭두각시 춤	163
13	죽은 이의 대변인	177
에필로그	이드가인	191
작가의 말		214

프롤로그; 가인

"가인아. 기다려!"

귀에 익은 목소리에 뒤돌아보니 뒤에서 태웅이 다가오는 게 보였다.

"무슨 생각을 골똘히 하는 거야? 몇 번이나 불렀는데."

"그래? 아, 미안. 그냥, 좀 딴생각을 하다가."

학교에서 빠져나와 무인 이동 캡슐을 타기 위해 발걸음을 옮기는 중이었다. 집으로 가는 모습이 낯설어서 어색한 기분에 사로잡혀있었다.

"방학 동안 뭐 할 거냐?"

"어? 가족하고 함께 지내야지."

태웅의 물음에 무심코 대답했는데 내 목소리가 무척이나 공허하게 들렸다.

한 달여의 방학이 시작되면 우리는 학교 기숙사를 떠나 가족의 품으로 돌아가게 된다. 한 학기 만에 집으로 돌아가는 것이다.

늘 가족이 그리웠다. 부모님과 하나밖에 없는 누나가 보고 싶었다. 학기 내내 집에 돌아가기만을 손꼽아 기다렸는데, 막상 집에 가려니 또 다른 마음이 불쑥 고개를 내민다. 그러나 왜 그런 생각이 드는지 알 수 없다.

"가인아. 조금 있다가 텔레프레전스 커뮤니티에서 만나자."

"알았어."

태웅과 나는 커뮤니티에서 만나기로 약속하고 헤어졌다.

무인 이동 캡슐에 올라타자 카메라와 센서가 내 신원을 검색하기 위해 몸을 구석구석 훑기 시작했다. 신원이 확인되자 자주 가는 목적지 목록이 이동 캡슐 창 전면에 떴다. 홀로그램으로 표시된 목적지 목록은 학교와 집 딱 두 군데뿐이다. 특별히 여러 곳을 갈 이유가 없기 때문이다.

나는 목록을 지우고 새로운 목적지를 설정했다.

「존재하지 않는 구역입니다.」

경고음이 울렸다.

"내가 지금 뭘 한 거지?"

무심코 작성한 목적지는 존재하지도 않는 5번 격납고 앞이었다. 상념에 젖은 탓에 어디로 가야 하는지 잠시 잊고 있던 것 같았다.

"5번 격납고? 그런 곳이 있었나?"

매우 낯익은 느낌이었다. 그 단어에서 연상되는 무언가가 있었는데, 떠오를 것 같으면서도 떠오르지 않았다. 기억회로가 뒤엉켜 혼선을 빚고 있거나 희뿌연 안개 장막이 내 머릿속에 드리워진 것 같았다.

"젠장! 외상 후 스트레스 장애인가?"

나는 목적지를 집으로 재설정하고 의자 깊숙이 몸을 묻었다.

이동 캡슐은 '연방 교통관리 센터'의 통제하에 얼기설기 엮어진 복잡한 자기 레일을 따라 이동하기 시작했다.

"왔구나! 내 동생."

가희 누나는 집 앞까지 나와서 나를 기다리고 있었다.

"누나. 오랜만에 봐서 그런지 전보다 더 예뻐진 것 같아. 남자애들이 누나랑 데이트하고 싶어서 안달 내겠는걸."

나는 누나에게 칭찬 세례를 퍼부었다.

"그렇지 않아."

가희 누나가 수줍은 미소를 지으며 말했다.

여자는 칭찬받는 것을 낯설어하거나 어색해하지 않는다. 그런 점에서는 가희 누나도 마찬가지다.

"아빠, 엄마, 저 왔어요."

"그래. 가인이 왔구나!"

문이 열리자 엄마가 살갑게 맞아주었다.

"못 본 사이에 꽤 남자다워졌는데!"

"그래요? 난 잘 모르겠는데."

판에 박힌 얘기가 오고 갔다. 지난 방학 때도 똑같은 얘기를 했던 기억이 난다.

"널 위해서 아빠가 직접 요리했단다."

"고마워요. 아빠."

요즘 같은 세상에 손수 요리를 한다는 것은 무척 예외적인 일이다. 그래서 아빠가 나를 얼마나 많이 사랑하는지 가늠할 수 있었다.

우리 가족은 오붓이 둘러앉아 저녁을 먹고, 거실에서 차를 마시며 이야기꽃을 피웠다. 내게는 오붓이 둘러앉아 저녁을 먹고, 거실에서 차를 마시며 부모님과 대화하는 평범한 일상이 무척이나 낯설었다.

누나가 먼저 말문을 열었다.

"빈민 구역에 애완동물을 키우는 사람이 있다는 얘길 들었어요."

"어머! 소름 끼쳐. 그렇게 불결한 것을 왜 키우는지 몰라."

"세상에! 아직도 그런 불법을 자행하는 사람이 있다니! 대체 도시 관리국 순찰대는 무슨 일을 하는지 모르겠군. 아까운 세금만 축내는 놈들."

"그러게요. 참 한심해요. 그런데 애완동물을 어디서 들여왔을까요? 다 멸종된 거 아니었나?"

엄마가 아빠의 말에 맞장구쳤다.

퍼뜩 뇌리를 스치는 기억이 있었다. 그리고 머릿속에 드리워진 희뿌연 안개 장막이 서서히 걷히는 느낌이 들었다. 뇌리를 맴돌던 기억의 실체가 모습을 드러내자 미소가 절로 지어졌다.

"애완동물이 얼마나 귀여운데. 손아래에서 꼬물거리는 건 또 얼마나 간지러운데."

나는 희미하던 미소를 지우고 박장대소를 터뜨렸다.

"난 녀석들한테 이름까지 지어주었는걸! '그냥이', '저냥이'라고. 진도 좋다고 말했어요."

이상한 기분이 들어 주위를 둘러보니 부모님과 누나가 넋 나간 얼굴로 나를 바라보고 있었다. 침묵이 싸늘한 냉기가 되어 나를 휘감았고 미소는 왔을 때처럼 순식간에 사그라졌다.

"왜요?"

내 물음에 엄마가 갑자기 비명을 질렀다.

"꺄악!"

"여보!"

"엄마!"

내가 다가가자 엄마가 정색했다.

"저리 가! 가까이 오지 마! 난 네가 무서워 죽겠다고!"

원망 서린 눈빛으로 나를 바라보는 엄마의 동공에서 초점이 점차 사라져가고 있었다.

나는 새하얗게 질린 나머지 옴짝달싹하지 못했다.

부모님이 바람을 쐬러 간다며 집을 나서자 나는 누나와 조금 전 벌어진 소동에 관해 이야기를 나누었다.

"엄마는 대체 왜 그런 거야?"

"괜찮을 거야."

누나가 대답했다.

"아니야. 괜찮지 않아. 엄마 표정 못 봤어? 완전히 겁에 질려 있었다고."

"신경 쓸 거 없어."

"누나도 내가 무서운 거야?"

"아니야. 가인아. 난 네가 무섭지 않아."

"도대체 내가 뭘 잘못한 거지? 누나는 알 거 아니야."

화가 나서 참을 수가 없었다. 내가 엄마의 마음을 아프게 했다는 게 못 견디게 화가 났다.

"네가 이상한 말을 했어. 애완동물을 만져 봤다고. 이름까지 지어줬다고."

누나의 말에 허탈한 웃음이 새어 나왔다.

"뭐라고? 말도 안 돼. 내가 왜!"

"정말, 그렇게 말했어."

누나는 진지했다.

"애완동물을 키우는 거 불법인 거 몰라? 도시 어디에도 애완동물 따위는 없어. 그런데 무슨 수로 애완동물을 만진단 말이야?"

누나가 왜 그런 말도 안 되는 얘기를 하는 건지 도무지 이해되지 않았다.

"진은 누구니? 네 친구니?"

"뭐? 진? 난 그런 이름 가진 애 몰라."

무언가가 내 뺨을 간질이고 있었다. 무심결에 얼굴을 만졌더니 물기가 손에 묻었다. 나는 재빨리 천장을 바라보았다. 시야 아래에서 물방울이 차오르는 게 보였다. 뭐지?

눈을 질끈 감았더니 물방울이 내 뺨을 타고 주르륵 흘러내렸다.

"가인아. 울지 마."

가희 누나가 슬픈 표정을 지으며 말했다.

세상에! 내가 울고 있다고? 왜?

"나, 안 울었어."

그런데 자꾸만 눈물이 흘러내렸다.

가희 누나가 나를 살며시 안더니 등을 토닥여 주었다.

"슬퍼하지 마. 가인아. 곧 익숙해질 거야."

가희 누나의 말이 마술처럼 내 마음을 진정시키고 있었다.

나는 누나 품에 안겨서 까닭 모를 슬픔을 온몸으로 토해냈다.

01 학기말시험

사이렌이 비명을 내지르듯이 격렬하게 울린다. 가슴의 두근거림은 쿵쾅거리는 배경음에 박자를 맞춘다. 늘 같은 대기화면과 배경음이지만 늘 같은 크기의 조바심이 몰려온다.

텔레프레전스가 '이드'와의 접속 상태를 알려왔다. 어둠을 감지한 센서가 야간투시경을 작동하자 시야가 밝아지며 앞자리에 일렬로 마주 앉은 '이드'가 눈에 들어왔다. 마주 보고 앉은 '이드' 겹눈의 전원 표시등이 하나씩 점등되기 시작했다. 붉은 조명 빛에 물든 '이드'는 마치 피를 흠뻑 뒤집어쓴 것처럼 보인다. 게임 캐릭터치고는 혐오스럽지만, 전투가 끝날 때까지 나와 함께 생사고락을 함께할 동료들이다.

"접속 완료!"

"나도."

'이드'에 접속한 아이들이 하나둘 자아 생성을 알렸고, 1클랜 아이들의 접속이 완료되자 유닛의 커뮤니케이션 기능이 활성화되었다.

"얘들아, 내 이드 좀 봐. 업그레이드되었어!"

닉이 들뜬 목소리로 말했다.

"오, 경험치 많이 쌓았나 보네."

반장인 앨런이 대꾸했다.

"몹 잡느라 고생 좀 했지."

"부럽다. 닉. 레벨이 몇이야?"

"레벨 8."

애리의 물음에 닉은 의기양양하게 대답했다. 닉은 클랜의 후방에서 저격을 담당하고 있다.

"저격수치고는 높은 레벨이라고 할 수 없을 것 같은데?"

태웅이 빈정대는 투로 말했다.

"흥. 스마트 저격 소총에 적외선 열상검출기가 장착되었으니 레벨 올리는 건 이제 시간문제일 뿐이야!"

닉은 태웅과의 기 싸움에 애꿎은 나를 끌어들였다.

"야, 우리 중에서 레벨이 제일 낮은 사람이 누구지?"

누군지 뻔히 알면서 재차 확인시키는 게 못마땅했지만 불평할 처지는 아니다. 닉이 실수로 나를 쐈다고 해도 그저 시뮬레이션 게임 중에 일어날 수 있는 우발적인 사고에 불과할 뿐이니까.

"난 아직 레벨 6이야."

"가인아. 그러다 낙제할라. 오늘은 내가 널 전담해 줄게. 뒤를 봐줄 테니까 렙업 꼭 해라!"

닉은 웬일로 나에게 살갑게 굴었다. 태웅과 내가 둘도 없는 친구라는 사실이 기억난 모양이다.

"노력해 볼게."

나는 시큰둥하게 대답했다.

메신저가 자동 접속되더니 시야 하단에 편지 봉투 아이콘이 떴다. 임무가 전송된 것이다. 아이콘을 선택해 학기말시험인 '모의 전투'의 작전 목표를 살펴보았다. 전언은 상세하고 명료했다.

「'식민지 해방 전선'의 은신처를 찾아서 파괴하고 몹을 퇴치하라!」

"2길드 강하 위치로!"

수송선을 어지럽게 비추던 붉은 조명이 강하 준비를 알리는 푸른 조명으로 바뀌자 2길드장인 주임 선생님이 명령했다.

"1클랜 강하 위치로!"

우리 반 담임인 1클랜장 이안 선생님이 복창했다.

1클랜 '이드' 모두 쭈뼛쭈뼛 자리에서 일어섰고, 저격수인 닉과 아미가 가장 먼저 출구로 나섰다.

저속 비행 중이던 수송 드론의 해치가 서서히 열리자 엔진의 굉음이 돌풍에 휩쓸려 들어왔다. 과열된 열기가 느껴졌지만 단지 텔레프레전스가 보내온 복제된 느낌일 뿐이다.

시뮬레이터 캡슐의 체감 조절 센서가 내 기분을 감지했는지 공기를 정화하기 시작했다. 신선한 공기를 들이마시자 막연한 불안에서 오는 불쾌함도 점차 사그라졌다.

텔레프레전스는 시공간 제약이 없는 최적의 커뮤니케이션 메커니즘으로 현실에선 존재하지 않는 인공 환경이나 가상세계를 만들어내는 시스템이다. 물리적으로는 존재하지 않지만, 기능적으로는 존재할 수 있는 환경을 설정하고 인간의 감각을 계산하여 가상세계에 디지털로 구현한다. 유저는 디지털로 구현된 자신의 아바타를 매개로 가상세계를 구성하는 모든 사물 및 개체와 상호작용을 할 수 있다. 이때, 상호작용에 따른 심리변화는 컴퓨터에 의해 계산되어 실시간으로 적용된다. 그러므로 가상세계의 감각이 물리적인 세계에도 똑같이 전달된다.

'모의 전투'는 바로 텔레프레전스 기술을 이용한 전략 시뮬레이션 게임이다. '모의 전투'에 접속하면 유저는 게임 캐릭터 '이드'의 자아가 되어 가상의 공간에 실제로 존재하는 것처럼 느끼고 '이드'를 통해 전투를 수행하며 가상세계에 영향을 끼친다. 위치, 움직임, 냄새, 소리, 두려움, 흥분, 고통, 전율에 이르기까지, 자극을 느끼고 물리적 영향을 줄 수 있는 매개체인 캐릭터 '이드'의 전투 행위와 그에 수반되는 모든 감각은 실시간으로 전달된다.

죽음도 마찬가지다. 가상세계에서 '이드'의 죽음은 자아의 로그아웃으로 게임 종료된다.

"착륙 지점까지 도착 예정 시간 3분 남았다. 저격수 먼저 강하하여 후방에서 엄폐물을 찾아 시야를 확보하고, 전송받은 전술 계획에 따라서 작전을 수행한다. 강하 준비!"

"준비 완료!"

닉과 아미가 복창했다.

"강하!"

이안 선생님의 명령이 떨어지자마자 닉과 아미가 공중으로 몸을 날렸다. 저격수의 강하 지점을 확인하기 위해 수송 드론 밖으로 고개를 내밀 필요는 없다. '이드'의 홑눈에 부착된 카메라가 클랜원의 시점을 전송해주기 때문이다.

강하 지점에 착지한 뒤, 엄폐물을 찾는 닉과 아미의 시선이 전송됐다. 탁 트인 들판 위로 우리가 탄 수송 드론이 이동하는 모습이 보였다. 평온하고, 아름다운 풍경이었다. 갑자기 땅이 솟아오르는가 싶더니 코앞에 황금빛 잔디가 펼쳐졌다. 바람결에 나부끼는 잔디가 코끝을 간질일 것만 같았다.

"젠장!"

풀뿌리에 걸려 넘어진 아미가 쌍소리를 내뱉었다. 평소의 조용한 성격과 너무도 대조적인 모습에 나도 모르게 헛웃음이 나왔다.

작전 목표로 출제된 학기말시험의 문제는 '지구연방'의 도시 방벽 밖에 있는 들판에서 '식민지 해방 전선'의 은신처를 찾아내 파괴하고 몹을 퇴치하는 것이다.

도시와 도시를 잇는 지하터널이 '식민지 해방 전선'에 의해 공격을 받은 게 꼭 한 달 전이었다. 2주 전 '스파이 버그'가 땅속에 있는 '식민지 해방 전선'의 은신처를 발견했고, '스파이 버그'가 촬영한 사진을 기반으로 설계자들이 맵을 개발했다. 그 결과로 우리가 시뮬레이터 캡슐에 탑승해 '모의 전투'에 접속해 있는 것이다. 아니, 엄밀히 따지면 학기말시험을 치르는 중이라고 해야겠지.

"1클랜 강하 준비!"

다시 한번 이안 선생님이 호령했다. 어느새 강하 위치에 도달한 모양이었다.

「준비됐어?」

나에게 묻는다.

수없이 강하하면서도 한 번도 빠뜨린 적이 없는 질문이다. 내 의지를 확인하려는 나약하고 소심한 마음에서 비롯된 질문인지도 모른다.

「그래.」

'이드'가 대답한다.

실제 '이드'가 대답하는 건지는 잘 모르겠다. 게임 속 캐릭터인 '이드'의 자아는 곧 나 자신이기 때문이다. 그런데도 우리는 모두 '이드'와의 대화가 가능하다고 믿으며 그 믿음에는 한 치의 의심도 없다.

「가자! 이드!」

나는 수송 드론에서 착지 예상 지점인 10여 미터 아래로 뛰어내렸다. 공중에 부양한 순간 무중력의 체감이 그대로 전해졌다. 공중에서 균형감각을 놓치지 않는 일은 무의식적이고 습관적인 반응을 보인다.

"야호!"

앨런이 소리를 질렀다.

"난 허공에 있는 이 느낌이 정말 싫어. 왜 매번 강하부터 시작하는 거야? 왜?"

진은 강하를 끔찍이도 싫어했다.

"시뮬레이션일 뿐인데 뭘. 이런 준비조차 없다면 전투의 긴장감이 반감될걸."

유현이 대꾸했다.

"난 네가 아니야. 그러니까 이건 불공평한 거라고!"

"불공평하다고? 뭐가?"

내가 끼어들었다.

"워밍업이 필요한 학습부진아들은 매번 이렇게 뛰어내리고, 나처럼 학습 성취도가 높은 아이들은 전장에서 바로 접속하면 돼. 그게 공평한 거지."

진이 말했다.

"참나. 말이 되는 소리를 해라."

마음만 먹으면 허공에 있는 불과 2, 3초 사이에도 속 깊은 이야기를 나눌 수 있다.

쿵! 쿵!

10여 미터 상공에서 떨어지는 충격이 고스란히 몸으로 전달됐다.

'이드'의 완충장치가 '지구연방'의 뛰어난 기술력에 바탕을 두었다고 해도 중력까지 무시할 수 있는 것은 아니다. 그렇다고 내부가 무중력 상태인 시뮬레이터 캡슐에서까지 이런 것을 구현할 필요가 있을까?

"1클랜, 위치 사수하고 경계 태세를 갖춰라."

우리 클랜 전원이 착지하자 이안 선생님이 통신 채널에 접속했다.

"통신 채널 확인하고 보고하라. 모두 이상 없나?"

"이상 없음."

아이들의 복창이 통신 채널을 타고 메아리쳤다.

시야 하단에서 메신저가 접속 상태를 알려왔다. 음성 메시지의 발신자는 주임 선생님이었다.

"전방은 이미 교전 중이다. 긴장하지 말고, 늘 하던 대로 게임을 즐겨라."

우리가 언제 살육을 즐겼던가?

아무리 게임이라지만 전장의 참상은 구역을 자아낸다.

"모두 다 쓸어버리자."

앨런이 소리쳤다.

우리는 전장으로 달리기 시작했다.

전장에서는 전투가 한창이었고 많은 수의 '식민지 해방 전선' 몹이 지천에 널브러져 있었다. 전투를 시작한 3길드의 '이드'도 곳곳에 눈에 띄었지만 몹의 수만큼 많지 않았다.

'식민지 해방 전선' 몹은 인간형이다. '모의 전투' 낮은 레벨의 맵에 등장하며 제일 흔한 몹이지만 결코 만만한 상대는 아니다.

'식민지 해방 전선'은 지구연방을 부정하는 인간들과 지구를 침략한 외계 종족의 연합 조직이다. 이 몹은 규모도 크고 조직도 꽤 잘 갖추어져 있다. 외계 종족으로만 구성된 부대가 있고, 인간과 외계 종족이 혼합된 부대도 존재한다. 그 외에 안드로이드로 이루어진 특수부대와 '이드'를 개량한 기갑부대가 있다고 들었다. 하지만 아직 본 적은 없다. 특수부대와 기갑부대 몹은 '모의 전투' 하위 버전에서는 볼 수 없기 때문이다. 두 종류 몹은 '이드'의 전투력에 버금간다고 하니 졸업할 때까지 볼 일이 없기만을 바랄 뿐이다.

또 다른 몹으로는 '자유연합'이라고 불리는 테러리스트 집단이 있다. 이들은 '지구연방'의 정치체제에 불만을 품은 무정부주의자들로 순수하게 인간형으로만 구성되어 있다.

일부 극렬한 테러리스트들은 도심에서 테러를 일으키며 정부의 기능을 마비시키고 혼란을 일으킨다. '자유연합'과의 '모의 전투'가 까다로운 것은 맵 설정이 대부분 도심지이기 때문이다.

'지구연방'은 권력이 중앙정부와 도시에 동등하게 분배된 연방제로 도시마다 고유한 정치체제를 가지고 있다. '지구연방'에 소속된 도시가 대략 100여 개 정도이니, 최소 100여 개의 정치권력과 대립하는 무정부주의자들이 존재하는 것이다.

그 외에 다양한 몹이 나타나는데, 공격성이 있는 몹과 단순히 경험치를 올리기 위한 몹, 그리고 지능을 가진 외계 종족 몹이 있다. 이 괴물들은 모두 지구를 침략한 외계 종족이 데려온 생물들이다.

「위험!」

위협을 느낀 '이드'의 본능이 경계 신호를 보냈다.

「어디?」

'이드'는 유저인 내가 감지하고 반응하기도 전에 의사를 결정하고 실행해 옮겼다. 순간적으로 몸을 움츠렸다가 곧장 10여 미터 앞으로 도약한 것이다.

번쩍하고 섬광이 이는가 싶더니 곧이어 폭발음이 울렸다.

"으악!"

클랜원 중 누군가가 괴성을 질렀다.

"유탄이다! 모두 엄폐물을 찾아 몸을 숨겨!"

이안 선생님의 명령에 뒤를 돌아보았다. 조금 전, 내가 서 있던 장소에 유탄이 소낙비처럼 쏟아져 내리고 있었다.

나는 드러누운 채로 유탄이 땅에 꽂히며 만들어내는 불꽃놀이를 멀거니 바라보았다. 그중 하나가 내 '이드'에 정확히 떨어지기를 고대하면서…….

집중포화가 끝나자 이안 선생님이 피해 상황을 살폈다. 불꽃놀이로 다섯 명의 클랜원이 접속 해제된 상태였다.

"1클랜. 피해는 다섯 명뿐인가?"

자욱한 연기 사이로 유닛의 실루엣이 하나 보였다. 연기를 내뿜으며 휘청거리는 유닛은 파티마가 접속한 '이드'였다.

"팔! 내 팔이……."

파티마의 '이드'는 남은 한 손으로 떨어져 나간 팔의 어깨를 부여잡고 있었다.

"아, 아파!"

파티마의 절규가 귀청을 때렸다.

"접속 해제해!"

이안 선생님이 소리쳤다.

파티마가 커뮤니케이션 통합에서 이탈되는 순간, '이드'는 마치 영혼이 한순간에 빠져나간 빈껍데기처럼 힘없이 무너져 내렸다.

"제장!"

'식민지 해방 전선'이 사용하는 무기는 우리가 쓰는 스마트소총을 개량한 모델이다. 스마트소총은 레이저 조준기와 10기의 유탄이 장착되어 있고, 탄창 교체 없이 3,000여 발의 총알을 발사할 수 있다. 레이저 조준기의 유도에 따라 목표물을 타격하도록 만든 유탄은 목표 지점을 오차 없이 파괴할 수 있다. 또, 레벨이 업그레이드될 때마다 적외선 열상검출기나 공중 폭발탄 등의 아이템을 받아서 스마트소총을 업그레이드할 수 있다.

'이드'는 보호 장갑이나 활동면에서 월등히 우수하며 위기의 상황에서는 자아보다 본능이 앞서기 때문에 인지된 위협이라면 쉽게 피할 수 있다. 그러나 시야에서 벗어난 불시의 위협과 스마트소총의 위력은 고스란히 전해진다. 저런 피해를 받고 접속을 해제하지 않으면 현실 세계에서도 끔찍한 일이 벌어진다. 후유증 말이다. 가상세계의 고통도 텔레프레전스를 통해 신경계에 고스란히 반영되기 때문이다.

"부상이 심각할 거 같은데?"

태웅이 말했다.

녀석은 위태로운 상황에서도 늘 침착함을 유지하는 재주가 있다.

"닉! 너, 이 자식. 제대로 하는 거야? 미리 경고해줬어야 할 거 아니야?"

진이 앙칼진 목소리로 소리쳤다.

또 발끈한 모양이다. 성질머리하고는…….

진은 자기 생각을 거침없이 내뱉는 당찬 성격을 가졌다. 누구에게나 스스럼없고 늘 당당했지만 어디로 어떻게 튈지 몰라서 가슴을 졸이게 하는 구석이 있었다.

"눈이 있으면 봐. 여기도 지금 장난 아니라고."

닉이 숨넘어가는 목소리로 대꾸하며 자신의 시점을 클랜원에게 전송했다.

자세히 보이지는 않았지만, 들판의 가장자리 바로 숲이 시작되는 언저리에서 움직임이 포착되고 있었다. 왠지 불길한 예감이 들었다.

"여태껏 이런 적 있었니?"

"아니."

"함정일까?"

"글쎄. 개발자, 아니 문제를 낸 사람만 알겠지."

의외의 상황에 부닥친 아이들의 의견은 분분했다.

「위험! 위험!」

'이드'의 본능은 경계 신호를 멈추지 않았다.

"정신 똑바로 차려! 전방에 몹 출현이다!"

이안 선생님의 호령이 떨어지기가 무섭게 클랜원의 스마트소총이 일제히 불을 뿜었다.

몹의 수는 헤아릴 수 없을 만큼 많았다. 우리는 3길드를 지원하기 위해서 사격을 하며 약진하여 집결지로 거리를 좁혀 갔다.

집결지인 지하터널에 접근해 갈수록 공격은 거세졌고, 클랜원의 접속 해제가 속출했다. 다친 클랜원이 비명을 내지르며 하나둘 접속된 커뮤니티에서 이탈할 때마다 아이들이 남긴 고통에 찬 신음은 한동안 귓가를 맴돌며 여운을 남겼다.

교감 신경을 흥분시키는 아드레날린의 분출 때문인지 혈압이 높아지는 것을 느꼈다. 까닭 모를 분노가 치밀어 올랐지만 '모의 전투'에 감정을 개입시킬 필요는 없다. 단지 시뮬레이션 게임일 뿐이니까. 실제와 가까운, 아니 똑같은……. 아이들이 전쟁에 참여한다는 건 말도 안 되는 일이 아닌가!

우리는 불쑥불쑥 튀어나오는 몹을 제거하며 집결지인 지하터널 입구에 도달했다. '식민지 해방 전선'의 은신처를 파괴하기 위해 지하터널로 내려갔는지 3길드 유닛은 보이지 않았다.

"3길드와의 통신이 끊겼어. 어떻게 된 거지?"

이안 선생님이 후방에서 시야를 확보하고 지원사격을 해주던 저격병에게 물었다.

닉과 아미는 대답 대신 경계 신호를 보내왔다.

"닉. 무슨 일이야?"

"아미! 상황을 보고하라!"

잠시 후, 커뮤니케이션 통합 기능이 닉과 아미가 접속에서 이탈되었음을 알려왔다.

"닉과 아미가 당했나 봐."

애리가 울먹이는 소리로 말했다.

순간, 오늘 전투에서 레벨 업그레이드는 불가능하다는 사실을 깨달았다.

02 모의 전투

"3길드 모두 지하로 들어갔어요! 지하에서 교전 중입니다."

수색 임무를 맡은 유현이 터널에서 빠져나오며 보고했다.

유현은 1길드에서 우수한 성적을 내고 월반한 아이다. 그래서 늘 어려운 임무를 도맡았다.

"지하에서는 통신이 되질 않아요. 몹들이 통신 교란 장치를 설치한 것 같습니다."

유현의 보고가 끝나자 2길드장인 주임 선생님이 명령했다.

"2길드 모두 지하로 내려간다. 각개전투에 대비하라!"

3길드 유닛의 생사가 확인되지도 않았는데 '식민지 해방 전선'의 은신처에 접근하는 일은 무모한 작전이었다. 2길드의 다섯 클랜 가운데 4, 5클랜은 전멸했고 2, 3클랜은 절반 이상이 접속 해제된 상태였다. 그나마 1클랜의 피해가 가장 적어서 2, 3클랜의 유닛을 합친 수 정도였다. 1길드의 지원 병력이 확보되지 않은 상태로 '식민지 해방 전선'의 은신처에 접근했다가는 몰살되기에 십상이었다. 게다가 후방에서 지원하던 닉과 아미가 당했으니, 몹들이 이리로 몰려올 게 뻔했다.

"선생님. 아무래도 1길드 아이들의 지원을 기다리는 것이 좋을 것 같습니다."

반장인 앨런이 주임 선생님에게 말했다. 마치 내 마음을 읽기라도 한 듯이 말이다.

우리는 될 수 있으면 군대 용어를 사용하지 않는다. 위화감을 줄이기 위해서이다. '모의 전투'에서는 각 학년과 각 반의 명칭을 '길드'와 '클랜'으로 구분한다. 나는 2학년 1반인 2길드 1클랜 소속이다. 각 학년 학생 주임 선생님이 길드의 지휘관으로 전투를 진두지휘하고, 교사가 클랜장으로 학생들을 통솔하며 반장이 분대장 역할을 맡는다. 우리는 군인이 아니다.

"학생. 이건 모의 전투야. 시험이라고."

주임 선생님은 앨런의 말을 일축했다.

"우리에게는 실패의 경험도 필요하다!"

외계 종족의 침략으로 인류의 절반 이상이 사라진 지금, 경험은 모든 인류가 짊어져야 할 공공의 자산이 되었다. 경험의 공유만이 인류를 외계의 위협으로부터 지켜낼 수 있다고 믿기 때문이다. 공유해야 할 경험이 제아무리 부조리하고 불합리하며 비도덕적인 일일지라도 말이다.

"1클랜이 전방을 맡고 2, 3클랜이 뒤에 남아 후방에서 접근해 오는 몹의 공격에 대비한다."

주임 선생님이 말을 마치자 이안 선생님이 명령을 하달했다.

"1클랜이 앞장선다. 각개전투를 대비하라."

"젠장. 우린 모두 전멸하고 말 거야. 가인이 너와 난 낙제할 게 뻔하고."

낙심한 애리가 개인 통신으로 중얼거렸다.

애리와 나는 1클랜원 중에서도 낮은 레벨에 속했다. 애리는 이제 막 7이 되었고, 난 아직 6이었다. 우리 반 대다수가 레벨 8, 9인 것에 비하면 애리와 내 레벨은 형편없는 수준이다. 낙제는 따 놓은 것과 다름 없다고 해야 할까?

아이들 몇몇은 곧 월반하여 3학년이 되겠지만 나와 애리는 2학년이 언제 끝날지 알 수 없다. 레벨 10을 넘지 않고서는 진급할 수 없기 때문이다. 게다가 2학년도 한 학기밖에 안 남았기 때문에 진급은 점점 더 멀어져가는 것 같았다.

지하터널 안으로 발을 들여놓자 어둠을 감지한 겹눈의 센서가 야간 투시경을 작동시켰다. 1클랜원이 모두 지하터널에 들어서자 이안 선생 님이 외부 통신 채널을 통해 명령을 내렸다.

"모두 외부 통신 채널로 변경한다."

그리고 나를 호명했다.

"가인, 애리, 진. 너희들이 유현을 도와줘야겠다. 첨병 임무를 수행하 며 터널을 탐색하도록 해라."

선생님은 정말로 내가 낙제하기를 바라는 모양이었다.

"어휴."

애리가 긴 한숨을 내뱉었다.

"커뮤니케이션 기능이 마비되어 보고나 지시가 하달되지 않으니 상황 에 맞게 대처해야 할 거야."

"네."

통신 채널을 외부로 변경하면 커뮤니케이션 통합 기능이 해제된다. 근거리에서는 상관없지만, 원거리에서의 소통은 불가능해진다. 게다가 배경음과 효과음 등 기계음이 사라지는 대신 전장의 소음이 생생하게 전달된다. 게임이 일순간 지옥으로 변하는 것이다. 젠장!

첨병이 되어 수색 임무를 맡게 된 우리는 본대를 뒤에 남겨둔 채 일렬로 늘어서서 지하터널을 탐색해 나갔다.

어둠에 익숙해지자 터널 안의 상황을 더 자세히 알 수 있었다. 들어갈수록 전투의 흔적은 줄어들었지만, 환기가 되지 않은 탓인지 매캐한 화약 냄새에 섞인 피비린내는 더 짙어졌다.

우리는 500여 미터가량을 일렬횡대로 나아갔다. 그리고 전방의 한 지점을 목격하고 나서야 전진을 멈추었다.

시야에 들어온 것은 터널 벽에 뚫린 커다란 구멍이었다.

"저기 봐!"

유현의 목소리가 스피커를 통해 흘러나왔다.

"식민지 해방 전선이 이곳을 통해 터널을 공격한 것 같아."

애리가 대답했다.

"이제 어떻게 하지?"

"팀을 나누어 탐색하는 게 좋을 것 같아. 한 명은 여기 남아 본대를 기다리고 나머지 셋이 들어가자."

진이 문제를 제기하자 유현이 방안을 내놓았다.

나는 유현, 진과 함께 '식민지 해방 전선'이 뚫어 놓은 터널 구멍으로 들어가기로 했다. 애리가 낙제하기 싫다며 내 등을 억지로 떠밀었기 때문이다.

"너는 낙제하면 안 되고, 나는 낙제해도 된다는 거냐?"

"한 번만 봐줘. 부탁해."

집중포화로 구멍투성이인 데다가 새까맣게 그을린 자국, 그리고 몹의 혈흔으로 얼룩진 구멍 입구는 끔찍하게 생긴 괴물이 아가리를 벌린 모습 같았다.

내부 상황은 더 끔찍했다. 3길드 '이드'와 몹의 시체가 서로 부둥켜안고 널브러져 있었기 때문이다. 모두 자아가 없는 빈껍데기일 뿐이지만 내 감각기관은 실제와 허상을 변별해내지 못했다. 아마 실제와 별반 차이가 없거나 똑같기 때문일 것이다.

낙제하건 말건 접속을 해제해 버릴까 하는 생각이 들었지만, 댈만한 핑곗거리가 마땅치 않았다.

"젠장. 1길드로 떨어지는 내리막길이군. 좋아. 이렇게 된 이상, 한 살 어려지는 셈 치지 뭐."

내 넋두리에 진과 애리가 박장대소를 터트렸다.

나와 유현, 그리고 진은 애리를 뒤로한 채 구멍 안으로 들어갔다.

"왜 몹의 시체는 사라지지 않는 걸까? 거치적거려."

몹의 시체가 발에 채이자 진이 투덜거렸다.

"나도 늘 그게 궁금했어."

나도 진의 의견에 동조했다.

"현실감을 높이려는 거겠지."

유현이 적절한 이유를 들어주었는데, 듣고 보니 그럴 수도 있을 거라는 생각이 들었다.

죽은 몹이 갑자기 사라져버리면 '모의 전투'가 그저 시뮬레이션 게임이라는 것을 인식하게 되고, 긴장감이 떨어져 전투에 집중하지 않을 테니 말이다.

앞서가던 진이 박자를 맞추기라도 하는 것처럼 고개를 까딱거렸다.

"진. 왜 그래?"

고개를 갸우뚱거리는 모습에 나쁜 낌새라도 눈치챈 것이 아닌가 싶어 긴장되었다.

"배가 고파서 그래. 맛있는 걸 떠올리면 마음이 들뜨거든."

"배가 고파? 지금, 이 순간에? 왜 하필 지금?"

나는 당혹함을 감추지 못하고 물었다.

"지금, 이 소리 들리니?"

진이 되물었다.

"무슨 소리?"

내 물음에 진은 발랄한 목소리로 대답했다.

"몹의 시체를 밟을 때마다 뼈가 으깨지는 소리가 나!"

"넌 정말이지……."

제기랄! 진. 너는 도대체 무슨 생각을 하는 거냐?

50여 미터를 더 들어가자 생각 외로 넓은 공간이 나타났는데, 치열한 교전이 벌어졌는지 3길드 '이드'와 몹의 시체가 헤아리기 힘들 정도였다. 모두 이곳에서 전멸한 것 같았다.

"여기가 목표 지점일까?"

유현이 물었다.

"그, 그런 것 같아."

탁한 공기와 역한 냄새 때문에 숨이 막혔다.

"그러면 이제 어떻게 하지?"

나는 이곳에서 무엇을 해야 할지 알지 못했다. 그저 '모의 전투'를 빨리 끝내고 싶어 안달이 난 상태였을 뿐이다.

"생각할 게 뭐 있어? 터널로 되돌아가서 유탄을 있는 대로 다 쏟아붓고 여길 뜨는 게 상책이야."

조바심을 내색하지 않으려는 노력에도 불구하고 내 입에서 나온 말은 속마음을 고스란히 드러내 보였다.

"여기가 식민지 해방 전선의 은신처라고? 말도 안 돼!"

진이 의문을 제기했다.

"가인이 넌 생각이 있는 애니? 여긴 탈출구도 없이 꽉 막혀 있잖아. 생각이 있는 사람이라면 이런 막다른 공간을 은신처로 사용하지 않을 거야."

나는 면박을 주는 진에게 짜증이 났다.

"갑자기 진지해졌네? 조금 전만 해도 배고프다고 난리더니. 대체 그 발랄함은 다 어디로 간 거냐?"

"너 죽을래? 그리고 이제 배 안 고파."

진은 할 말을 잃게 만드는 특출 난 재주가 있다.

"그래 좋아. 어딘가에 밖으로 나가는 통로가 있을 거야. 각자 구역을 정해서 찾아보자. 됐지?"

"그게 좋을 것 같아."

유현이 동의했다.

합의한 이상 결정을 번복할 수는 없다. 우리는 3구역으로 나누고 혹시 있을지도 모를 비상 출구를 찾아보기 시작했다.

아무리 게임이라지만 시체를 뒤적거리는 일이 그리 유쾌하지만은 않았다. 널브러진 몹의 시체를 한 무더기로 쌓아 올렸을 때, '이드'의 위험 경보 센서가 신호를 보냈다.

「위험!」

"뭐지? 얘들아! 여기……."

나는 하려던 말을 맺지 못했다. 무언가가 다리를 잡아당기는 느낌이 들었기 때문이다.

나는 재빨리 아래를 내려 보았고, 피를 흠뻑 뒤집어쓴 몹과 눈이 마주쳤다.

"으, 으으."

신음이 비집고 나왔다.

죽은 줄로만 알았던 몹이 내 다리, 아니 '이드'의 다리를 붙잡고 있으니 말이다. 시체를 뒤적거리다 우연히 이런 모양새가 만들어졌을지도 모른다는 생각이 뇌리를 스치자 욕이 절로 나왔다.

"젠장! 기분 정말 더럽네."

마음을 가까스로 진정시키려는 찰나였다. 몹의 표정이 험악하게 일그러지더니 입을 움직이기 시작했다.

"무, 물……."

몹의 입에서 소리가 나왔다.

눈을 뗄 수가 없었다. 고개를 돌릴 수조차 없었다. 마비된 것처럼 온몸이 경직되었고 등줄기가 서늘해지며 가슴이 쿵쾅거리며 뛰기 시작했다.

교감신경계에서 불안 징후를 느꼈는지 '이드'가 재빨리 행동을 취했다. 단검을 뽑아 몹의 머리에 내리꽂은 것이다. 몹의 머리에서 피가 솟구쳐 나오는가 싶더니 급기야 시야가 어두워졌다.

"으악! 내 눈!"

눈에 통증이 일었다. 몹의 피가 '이드'의 겹눈에 튄 것이 분명했다.

시력을 잃은 '이드'는 중심을 잃고 넘어지면서 바닥에 머리를 세게 부딪쳤다. 충격이 텔레프레전스를 통해 고스란히 전해졌다.

"가인아. 무슨 일이야?"

내가 쓰러지는 모습을 봤는지 유현이 소리쳤다.

"머리가 아파. 아, 앞이 안 보여."

내 말이 끝나기가 무섭게 스마트소총의 발포 소리가 귀청을 때렸다.

"진!"

유현의 짧은 외침이 들린 뒤, 스마트 중화기의 발포 소리가 연이어 들려왔다. 유현이 사격을 시작한 것이다.

"뭐야? 무슨 일이 벌어진 거야?"

내 외침은 총성을 뚫지 못했다.

진이 비밀통로를 찾은 걸까? 그 비밀통로로 몹이 나타난 걸까?

그렇다면 나는 무언가를 해야만 했다. 이렇게 멍청히 앉아서 당할 수만은 없었다. 그러나 몸이 전혀 따라주지 않았다.

「움직여!」

'이드'에게 명령했지만 허사였다.

「안 돼.」

'이드'가 거부 신호를 보낸 것이다.

믿을 수 없는 일이었다. '이드'가 자아의 의지를 거부하다니!

「왜 그래?」

「공포.」

「뭐라고?」

'이드'는 겁에 질려 있었다. 그제야 내가 겁을 집어먹고 있다는 사실을 깨달았다.

나는 아무것도 볼 수 없어서 무슨 일이 벌어지고 있는지 몰랐다. 이제까지 청각으로만 상황을 인식해 본 경험이 없었기 때문에 인지의 불능이 판단마저 흐리게 만들 수 있다는 것을 알지 못했다. 모른다는 것은 철저하게 고립된 기분이 들게 했고, 나는 '모른다'는 것이 '두려움'이 될 수 있다는 것을 처음으로 깨달았다.

'이드'를 탓할 수는 없다. '이드'는 단지 본능에 따라 행동해야 할지 말지를 결정할 뿐이다. 마음이 공포에 질려 있는데 어떻게 몸이 따르겠는가? 내 두려움이 '이드'에게 전이된 것이다.

나는 아무런 행동도 실행해 옮길 수 없다는 데에 좌절했고, 가상세계에서조차 내 힘으로 할 수 없는 일이 있다는 것에 절망했다.

「공포! 위험!」

위협을 탐지한 '이드'의 본능은 경계 신호를 멈추지 않았다.

「그만둬!」

나는 '이드'에게 소리쳤다.

「넌 가짜야. 진짜가 아니라고!」

그때 무언가가 허공을 가르는 소리가 들렸고, 곧이어 폭발음이 귀청을 때렸다.

누군가의 비명, 그리고 온몸을 뒤덮는 뜨거운 열기…….

「접속 종료」

나는 접속에서 해제되었다. 모두 순식간에 벌어진 일이었다.

시뮬레이터 캡슐이 개방되면서 압축된 공기가 새어 나왔다. 무중력 상태에서 빠져나오기가 무섭게 우주 멀미라도 하듯이 헛구역질이 나왔다.

내가 제일 먼저 접속 해제되었는지 전투실에는 나 혼자뿐이었다. 머리가 깨질 것처럼 아파서 머리를 조이고 있던 헤드셋을 집어 던졌다. 접속을 해제한 기억이 없는 거로 보아 게임에서 튕겨 나온 것이 분명했다.

다행히 화상을 입지는 않았다. 눈도 약간 따끔거릴 뿐 시력도 이상 없는 것 같았다. 오로지 두통만 계속될 뿐이었다.

몹의 얼굴이 눈앞에서 어른거렸다.

내가 본 것은 무엇이었을까? 그 표정은 대체 뭐였지? 공포? 아니면 고통?

프로그램상의 오류였을 수도 있고 너무 긴장한 탓에 착각한 건지도 모른다.

'이드'는 왜 자아의 의지를 거부한 걸까? 악성 바이러스에 감염되기라도 한 걸까?

의혹이 한꺼번에 쏟아져 들어와 머리가 터질 것만 같았다. 조금 전의 무력감과 고립감이 계속 이어지고 있는 것 같아서 견딜 수가 없었다.

"누군가 와줘. 빨리."

나는 제자리에 털썩 주저앉으며 중얼거렸다.

잠시 뒤, 시뮬레이터 캡슐이 차례대로 개방되기 시작했다.

"어휴. 도대체 어떻게 된 거야? 왜 갑자기 접속이 해제…… . 우웩."

시뮬레이터 캡슐에서 빠져나온 애리는 말을 맺지 못하고 헛구역질을 했다.

"아, 아직도 화끈거려!"

유현은 몸에 붙은 불을 끄기라도 하려는 듯이 펄쩍펄쩍 뛰면서 몸을 쓰다듬었다.

"모두 무사해서 다행이야."

녀석들이 이토록 반갑기는 처음이었다.

"폭발은 왜 일어난 거지? 애리 네가 유탄을 쏜 거니?"

"아니야. 내가 왜?"

따지듯 묻는 유현의 물음에 애리는 손사래를 쳤다.

"몹이 설치한 시한폭탄이었나?"

"버그나 프로그램상의 오류였는지도 몰라."

진의 목소리에는 왠지 싸늘한 기운이 서려 있었다.

"진. 너는 왜 사격을 한 거냐?"

유현이 물었다.

"무언가를 본 것 같아."

진은 심드렁한 표정으로 대답했다.

"몹이었어?"

"잘 모르겠어."

진은 고개를 절레절레 흔들며 중얼거렸다. 조금 전과는 달리 풀이 죽은 모습이었다.

03 5도살장

정신을 차릴 즈음 교실 밖에서 대기하고 있던 의료진이 전투실로 들어왔다.

"너희들 모두 괜찮니?"

양호 선생님이 우리를 찬찬히 살피며 물었다.

"뭐, 그런대로요."

대부분 타박상을 입었을 뿐 정신적인 충격을 호소하는 아이는 아무도 없었다.

"좋아. 그럼, 이제 검진을 시작해야 하니 의료실로 가자. 따라와."

우리는 검진을 받기 위해서 양호 선생님을 따라 의료실로 향했다.

의료진은 '모의 전투'가 끝날 때마다 우리에게 지속적인 불안 증상이 나타나는지 검사한다. 전투 경험의 반복에 따른 스트레스로 인한 외상 후 스트레스 장애 여부를 확인하는 절차이다. 치명적인 사건을 어느 정도의 빈도로 회상하는지, 또 불면증, 집중 결여, 불안, 악몽, 환각의 재현 현상 등의 증상이 나타나는지 확인하려는 것이다.

우리는 폭력과 동료의 죽음, 그리고 죽음에 대한 위협 등 인간의 정상 범주에서 벗어난 치명적인 사건을 '모의 전투'라는 가상세계에서 경험한다. 정상 범주라는 기준을 정해 놓고 왜 우리를 정상 범주 밖으로 밀어 넣는지 잘 모르겠지만 말이다.

외상 후 스트레스 장애에 대한 판정은 의료진이 정신적 충격을 일으킨 사건을 재검토하는 상담으로 이루어진다.

"네, 저는 정말 괜찮아요."

나는 양호 선생님의 질문에 고개를 몇 번 끄떡이고 말았다.

내가 가상세계에서 받은 느낌이 사실일까? 가상세계에서 목격한 것을 경험이라고 할 수 있을까?

나는 내가 경험하고 느낀 감정을 속 시원히 말하지 않았다. 아니, 말할 수가 없었다. 내 경험을 얘기했을 때 양호 선생님이 이상 징후라고 판단한다면 관심 대상 목록에 오를 것이기 때문이다. 레벨을 높이지 못해서 진급 여부도 불투명한데 관심 대상에 오르기라도 한다면 내 등 뒤에는 낙오자라는 꼬리표가 붙고 말 것이다. 낙오자라는 꼬리표는 한 번 붙으면 절대 떨어지지 않을 것이다. 더군다나 비록 충격이었다고는 하지만 아이들이 아무것도 느끼지 못했다면 내 경험은 무의미한 것이 되고 만다. 누구에게도 공감받지 못할 것이기 때문이다.

"혹시, 이상한 점 못 느꼈니?"

의료실에서 검진을 마치고 나오며 진이 물었다.

"뭘?"

유현이 되물었다.

"도대체 그건 뭐였을까?"

우리는 혼자서 중얼거리는 진을 주시했다.

"도대체 뭘 봤기에 혼자서 구시렁거리니?"

애리가 천연덕스럽게 물었다.

"너희들은 못 본 거니?"

진은 유현과 나를 번갈아 쳐다보며 물었다.

"몰라. 난 전투 중에 시력을 잃었거든."

뭔지는 모르지만 난처한 상황에 빠지고 싶지 않았다. 더군다나 시력을 잃기 전에 본 것이 실제인지 착각인지 정확히 알 수가 없었다.

"죽은 줄로만 알았던 몹이 움직였어."

진은 자신이 던진 질문에 대답하듯이 혼잣말을 중얼거렸다.

순간 소름이 돋았다.

"죽은 몹이 움직이는 것을 봤다고?"

제기랄! 진도 나와 똑같은 경험을 한 거야? 그럼, 그게 착각이 아니었다는 말이야?

"에이, 설마."

"그럴 리 없어."

유현은 고개를 저었고, 애리는 손사래를 저었다.

"아니야. 진짜라고. 마치 살아있는 것 같았어."

"말도 안 돼."

"정말이라고. 너는 어때?"

진은 나를 노려보며 말했다. 아무래도 내가 화들짝 놀란 모습을 본 모양이었다.

"너도 무언가를 본 거지?"

진은 나에게 재차 물으며 답을 요구했다. 나는 동의를 구하는 진의 시선을 피하며 의식적으로 유현에게 눈길을 돌렸다.

"접속 불량 때문이야."

유현이 나 대신 대답했다.

"그래. 그럴 거야. 버퍼링 때문에 생긴 데자뷔 현상일 거야."

애리가 맞장구쳤다.

"아니야. 몹이 살……."

나는 진의 말을 다급하게 가로막았다.

"들을 수 없어. 몹은 말을 할 수 없으니까."

진은 커다랗게 뜬 눈으로 나를 바라보았다. 놀란 표정이 역력했다.

순간, 내가 경솔한 짓을 했다는 것을 깨달았다.

진이 하려던 말은 그게 아니었을지도 모른다. 말을 가로막는 바람에 끝까지 듣지 못했으니까. 그런데 나 혼자서 지레짐작하고 몹이 말하는 것을 봤다고 실토해 버린 것이다. 있을 수 없는 일, 불가능한 일, 진이 의혹을 제기하려던 바로 그 일에 대해서 말이다. 정말, 바보짓을 해버린 것이다.

"젠장. 말 끊어서 미안……."

이미 벌어진 일을 수습하기 위해 내가 할 수 있는 것은 미안하다고 말하는 게 전부였다.

"오늘 모의 전투는 여러분에게 있어 매우 중요한 시험이었다. 시험을 치르느라 수고 많았다."

이안 선생님이 말했다.

"이번 작전은 어떻게 된 거예요? 성공한 건가요?"

"결과는 언제 나오죠? 진급 대상자가 나왔나요?"

아이들이 기다렸다는 듯이 질문을 쏟아냈다.

우리들의 관심사는 오직 남들보다 더 잘했는지 못했는지 비교하는 것뿐이다. 극과 극을 표본으로 삼고 서로를 저울질하며 어디에도 끼지 않고 중간에 있으면 안도의 한숨을 내쉰다.

"진급자는 몰라도 아마 낙제생은 있을걸?"

내 말에 주위에 앉은 몇몇 아이가 웃음을 터뜨렸다.

"이번 시험에 진급 대상자도 낙제생도 없다."

이안 선생님이 말했다.

내 목소리가 크거나 선생님의 귀가 밝거나, 둘 중 하나는 확실했다.

"프로그램에 오류가 있었죠?"

진이 물었다.

"그래. 이번 시험에서 몇 가지 짚고 넘어가야 할 문제점들이 발견되었다. 차후에 공지하겠지만 조만간 재시험이 있을 예정이야."

학기말시험을 두 번이나 치르게 되자 아이들은 너나 할 것 없이 한숨을 내뱉었다.

직접 피해를 본 것도 아닌데도 불구하고 타인의 불행에 동조한다. 자신을 스스로 위로할 수 있는 가장 좋은 방법이다.

"맵이 불완전한 점도 있었다. 급하게 개발하느라 미처 검수할 시간이 없었던 모양이야. 잘 알다시피 이번 일로 몇몇 피해를 본 학생이 있다."

우리를 두고 하는 말이었다.

"유현, 애리, 진, 가인. 첨병으로 나서서 임무를 잘 수행해 주었다."

맹세코 첨병을 하겠다고 먼저 나선 적은 없지만 그나마 노고를 인정해주니 고마웠다.

이안 선생님은 전투에 대한 소회를 이어나갔다.

"닉과 아미는 저격병의 임무를 완수하지 못했다."

"그건, 그럴 수밖에 없는 상황이었어요."

"맞아요. 온통 몹 천지였다고요."

닉이 항변하자 아미도 거들었다.

저격병의 위치는 무슨 일이 있어도 안전이 확보되어야만 한다. 그래야 전방의 동태를 살피며 지원해 줄 수 있기 때문이다.

"상황을 좀 더 빨리 파악하고 대처했더라면 파티마를 비롯한 다섯 명의 아이들이 집중포화를 맞고 만신창이가 되는 일은 없었을 거야."

닉과 아미는 아무런 변명도 하지 못했다.

파티마는 집중포화의 충격으로 의료실에 입원해 있는 상태였다. 언제 나올지 모르는 채 말이다. 위험을 감지한 '이드'가 본능을 발휘하지 않았다면, 의료실에 누워 있는 사람은 파티마가 아니라 나였을지도 모를 일이다.

"과정이야 어찌 되었든 전투는 오로지 결과에 의해서만 판단된다. 모의 전투의 승패는 개인의 생존 여부가 아니라 팀의 존속 여부와 미션 결과로 결정되기 때문이다."

"지원 없이 터널로 들어선 것은 합리적이지 못한 결정이었다고 생각합니다. 당시의 상황에서는 1길드 아이들을 기다리는 것이 훨씬 현명한 판단이었어요."

이안 선생님의 말씀에 유현이 이의를 제기했다.

"물론 옳은 얘기야. 그러나 조금 다르게 생각해보자."

이안 선생님은 말을 이었다.

"그 상황에서는 누구나 같은 결과를 예측할 수 있다. 그러므로 실행하지 않을 것이다. 하지만 그것이 우리의 목표고 전투의 승패를 가름하는 중요한 열쇠라면 어떻게 할 텐가?"

이안 선생님의 시선을 피하려고 우리는 너나 할 것 없이 고개를 숙였다.

"예측하는 것과 실패를 통해 쌓은 경험에는 엄청난 차이가 있어. 우리가 실패의 경험을 쌓음으로써 실제 전투를 치를 군인들은 우리와 같은 실수를 반복하지 않을 것이다. 이미 경험이 내재 되어있기 때문이지."

시뮬레이션 게임 '모의 전투'는 실행 예정인 전투를 사전에 실험하여, 결과를 유추하고 원하는 개선책을 찾기 위해 개발된 솔루션이다. 인류를 안전하게 지키기 위해서 가상의 위협을 만들어 실험해보거나 실제 전투 시 군인들의 안전에 위험이 없는지, 고쳐야 할 점은 무엇인지를 알아내는 것이 주된 목적이다.

실물의 '이드'를 조정하는 것은 매우 위험하고 막대한 비용이 든다. 따라서 실제의 환경과 같은 상황을 연출하는 '모의 전투'는 절대적으로 필요하다. 짧은 시간과 적은 비용으로 실제 전투에서 발생할 수 있는 의외의 조건과 그 결과를 파악하는 효과를 볼 수 있기 때문이다.

'모의 전투'는 두 가지 버전이 존재한다. 하나는 하위 버전으로 고등학생을 대상으로 한다. 사전경험을 통해 전투를 좀 더 친숙하게 만드는 것이 목적이며, 내가 다니는 특수목적 고등학교의 시험이기도 하다.

우리를 '모의 전투'에 참여시킨 이유는 간단하다. 아이들은 게임을 부담 없이 받아들이기 때문이다. 상급학교, 즉 사관학교에 진학하려면 학기 중에 꼭 정해진 레벨을 달성해야 하는데, 낙제하지 않기 위해 레벨을 높여야 한다는 스트레스는 있을지라도 죄책감은 없다.

다른 하나는 상위 버전으로 실제 전투에 임하는 군인을 대상으로 한다. 고등학생의 '모의 전투' 경험은 텔레프레전스를 통해 실시간으로 전송되어 상위 버전의 전술 계획이 된다. 정교하게 다듬어진 전술 계획을 실행함으로 '모의 전투'의 반복에 따른 군인들의 스트레스를 줄이고 생존율을 높일 수 있다.

시험이라고 하지만 우리가 게임에 접속해서 할 일은 단순하다. 그저 가상의 공간에서 망나니처럼 뛰어다니며 몹을 발견하는 족족 때려잡는 것이다. 그러면 그 경험을 토대로 군인의 시뮬레이션을 위한 전술 계획이 만들어진다. 한 가지 더, 최대한 많은 실패의 경험을 쌓는 것도 중요하다. 그래야만 실제 전투에서 군인들이 같은 실수를 반복하지 않기 때문이다.

"애초에 실패가 예견된 전술을 실행한다는 것은 무모한 영웅 심리에서 비롯되었다고 할 수 있지 않나요?"

진이 문제를 제기했다.

"그것이 자발적인 희생정신이나 인간의 본성이라고 할 수는 없잖아요. 우리는 명령에 따른 것뿐이니까요. 저는 사관 학생이나 군인을 위해 우리가 희생을 치러야 한다는 것이 솔직히 이해되지 않습니다."

"그 질문은 전술 회의의 논점으로는 적절하지 않은 것 같구나. 인간의 본성과 정의에 대한 근원적인 문제, 즉 윤리적 딜레마에 대한 주제는 우리가 평생토록 고민해야 하는 문제지."

이안 선생님의 말씀에 진의 얼굴이 새빨갛게 물들었다.

진은 왜 아무도 관심을 두지 않은 일까지 생각하는 걸까?

물론 진의 질문이 잘못된 게 아니다. 나 역시 진의 의견에 절실히 공감하니까. 하지만 입 밖으로는 꺼내지 않는다. 그게 진과 내가 다른 점이었다. 그래서 진이 부러웠다.

"무모한 영웅 심리? 자발적인 희생정신과 인간의 본성? 전투에서 그런 것을 생각할 여유가 있을까? 적들은 우리가 예측하지 못하는 전략을 세우고, 우리 역시 적들의 예측을 뛰어넘는 전략으로 응수해야 한다. 우리가 인식하는 위협은 이드가 충분히 대처할 수 있지만, 본능만을 믿고 방관할 수는 없어. 보이지 않는 위협에는 이드의 본능도 속수무책이기 때문이지. 이드는 결코 최선이 아니야. 자아를 담당하는 유저가 올바른 판단을 내릴 때 전투 병기로서의 이드가 존재하는 거야. 전투에서 자아를 담당하는 유저 개개인의 철학과 본성이 우선시 된다면, 클랜원과 길드, 더 나아가 지구연방의 존속마저도 장담할 수 없게 된다."

이안 선생님이 말을 이었다.

"이 불친절한 우주는 결코 인류에게 관대하지 않아. 인류의 생존이라는 우리의 목표는 인간의 본성에 관한 철학적 탐구보다 우선하지. 내 말을 잊지 말고 명심하길 바란다."

진은 아랫입술을 지그시 깨물었다.

나는 진이 자신의 의견을 주장하고 표현해서 불이익을 받거나 상처 받는 일이 없기를 바랐다. 그리고 조금 다를 뿐 진의 생각이 틀리지 않았으며, 나 역시 깊이 공감한다는 것을 꼭 알려주고 싶었다.

내가 다니는 특수목적 고등학교는 '외계의 위협으로부터의 인류 생존과 존속'이라는 명제로 탄생하였다. '지구연방' 도시마다 하나씩 있는데, 학생들은 모두 기숙사 생활을 하며 전액 국비 지원 장학금을 받고 있다. 그 때문에 어려운 시험을 통과해야만 입학할 수 있는데도 불구하고 모두 이곳에 오지 못해서 안달이다. 군인으로서의 안정적인 미래가 보장되며 '지구연방' 도시 관리국의 공무원이 되는 지름길로 인식된다. 말하자면 엘리트 코스인 셈이다.

학교는 모든 도시 구획과 마찬가지로 5개의 구역으로 나뉜다. 1, 2, 3구역은 각 학년 길드의 교실과 기숙사가 있고, 4구역은 교무실, 의료실, 식당, 체육관 등의 부대시설이 자리하고 있다. 문제의 5구역은 전투실이다. 우리는 전투실을 도살장이라고 불렀다.

전투실 즉, 5도살장은 전교생이 들어가서 전투를 치를 수 있을 정도로 거대한 공간이다. 각 길드에 속하는 클랜의 개별 전투실, 그러니까 총 15개의 전투실이 있고, 교사들이 '모의 전투'에 접속하는 지휘 본부가 따로 마련되어 있다. 그 외에도 많은 시설이 즐비해 있지만 대부분 통제구역으로 지정되어 있다. 그래서 전투실의 전부를 본 아이는 아직 아무도 없다.

우리는 한 달에 한 번, 그리고 학기 말에 각각 한 번씩 도살장에 끌려가 시뮬레이터 캡슐에 탑승한다. 그리고 시험 같지 않은 시험, '모의 전투'를 치른다.

'모의 전투'라는 시뮬레이션 게임이 정규과목으로 정해진 것은 '지구연방'의 막대한 투자와 오랜 노력 덕분이었다. 게임이 현실을 방불케 하고 쇼크에 빠지기 일쑤이지만 꽤 쓸모가 있었다. 인류의 손실을 줄일 수 있었기 때문이다.

시뮬레이션 게임 '모의 전투'의 캐릭터이자 실제 전투를 수행하는 전투 병기 '이드'는 전장 2m 50㎝에 긴 팔을 가지고 있으며 두 다리로 직립보행을 한다. 얼굴에는 곤충 대부분처럼 2개의 겹눈과 3개의 홑눈이 있는데, 겹눈과 홑눈은 안테나 및 전 방위를 탐색하는 카메라, 센서, 적외선 카메라 등 복합적인 기능을 하고 있다. 몸체와 연결된 두껍고 짧은 목은 두뇌를 담당하며, 철갑 미늘로 덮여있어 보호할 수 있고 회전이 쉽다. 흉갑 및 신체 각 부위의 장갑은 초합금이고 대부분 관절 부위 역시 철갑 미늘로 덮여있다.

'이드'는 비인격적이며 무의식적인 충동과 예민한 감각을 가지며, '모의 전투' 경험을 통해 본능이 강화되어 전투 효율성 및 수행 능력도 높아진다.

'모의 전투'의 유저는 자아 역할을 담당하며 시뮬레이션 게임 캐릭터 '이드'를 제어한다. '이드'의 콘트롤은 간단하다. 인지를 극대화하는 시뮬레이터 캡슐에 탑승한 유저가 머릿속으로 생각을 떠올리기만 하면 텔레프레전스 헤드셋이 두뇌의 전기신호를 잡아내 행동을 지시한다. 이처럼 유저와 '이드'는 개별적으로는 불완전한 모습으로 존재하지만 '모의 전투'라는 텔레프레전스의 가상세계에서만큼은 상호보완적인 역할을 하며 완전한 존재가 되는 것이다.

지금으로부터 200년 전인, 서기 2239년. 대륙의 3분의 1이 물에 잠기는 대재앙이 일어났다. 지구를 침략한 외계 종족이 인류를 말살하기 위해 자연재해를 일으킨 것이다.

개인적으로 그것은 매우 현명한 판단이었다고 생각한다. 대재앙이야 말로 한 종을 멸종시킬 수 있는 가장 쉽고 빠르며 효과적인 방법이니 까.

외계 종족의 1차 침공, 그러니까 대재앙으로 인해서 인류를 포함한 지구 생명체의 3분의 2가량이 절멸했다. 그로부터 200년이 지난 2439년 현재. 인류가 외계의 위협으로부터 완전히 벗어난 것은 아니다. 살 아남은 자들은 외계의 위협에서 인류의 DNA를 보존하기 위해 국지전을 치르고 있다. 외계 종족이 그들의 일부와 수많은 괴물, 그리고 외계 식물 등 자신의 고향별에서 가져온 온갖 정체불명의 생명체들을 남겨 두고 돌아갔기 때문이다. 자신들이 언제라도 와서 살기에 적합한 환경을 만들기 위해 자연 식민지 과정, 테라포밍을 시작한 것이다.

그들이 언제 돌아올지는 모르지만 2차 침공에 대비해야 한다는 것만은 자명한 사실이다. 21세기 환경오염에 따른 지구의 위협을 전 인류가 고민했던 것처럼, 또다시 인류에게 머리를 맞대고 고민해야 할 문제가 생긴 것이다.

지구를 침략한 외계 종족은 이족보행을 하는 곤충같이 생긴 혐오스러운 종족인데, 재미있는 점은 '지구연방'을 수호하는 병기 '이드'가 외계 종족을 본떠서 만들었다는 데 있다. 강인한 생명력을 가진 곤충을 흉내 내서 곤충의 위협으로부터 인류를 지켜내고자 하는 것이다.

그들이 누구이며 어디에서 왔는지는 현재까지도 알려진 바가 거의 없다. 중요한 것은 단지 그들이 우리와 다르다는 것뿐이다.

04 통과의례

  재시험 일정은 방학 일주일 전으로 잡혔다.

  재시험의 작전 목표는 도시에 은신처를 마련해두고 '허무주의자'와 내통하며 불온한 정치공작을 펴는 '자유연합'의 테러리스트를 찾아서 제거하는 일이다.

  출제된 맵은 '허무주의자'가 거주하는 도심 외곽지역의 오래된 공동주택 단지로, 방벽과 맞닿은 비좁은 골목에 상점들이 촘촘히 들어선 번잡한 곳이다. 시가전인데다 거주자를 살상하면 경험치가 감소하기 때문에 조금 더 주의가 요구된다.

  나의 도시는 두께 30m, 높이 80m의 방벽이 에워싸고 있다. 내륙 깊숙이 자리하고 있는 데다 지구를 침공한 외계 종족을 막으려고 세운 방벽 덕분에 해일이라는 대재앙을 모면할 수 있었다. 대재앙을 피한 '지구연방'의 도시 대부분이 이런 방벽에 들러서 쌓여 있다.

  지구가 안정을 되찾으면서 방벽의 효용성에 의문이 제기됐지만, 외계 종족의 2차 침공과 거주지 밖 외계 식물의 침입을 막기 위한 대안으로, 또 시민을 보호하는 수단으로 자리 잡았다. 각 도시는 외적으로는 고립된 섬과 다름없지만, 거미줄처럼 뻗은 지하터널로 연결되어 있어서 어떤 도시가 침공당하더라도 즉각적으로 지원을 할 수 있다.

도심 외곽지역의 방벽 아래에는 시민과는 조금 다른 삶을 살아가는 사람들이 모여 산다. 우리는 이들을 '허무주의자' 또는 '니힐리스트'라고 부른다.

허무주의자들은 자신을 '버림받은 사람'이라고 주장하며 '지구연방'의 정치체제를 노골적으로 비판한다. 이들은 주로 밀수업에 종사하는데, 이곳의 암시장에는 멸종한 애완동물까지 구매를 할 수 있다는 믿지 못할 소문이 나돌 정도로 은밀한 거래가 횡횡한 곳이다. 또, 이곳 아이들은 정부에서 허가받은 정규교육을 받지 않는다. 대다수 아이가 대안학교에서 교육받고, '지구연방' 도시 관리국으로부터 간섭받지 않기 위해 텔레프레전스 커뮤니티도 사용하지 않는다고 한다.

인류의 책임과 의무를 저버리고 불법을 자행하며, 이런 시궁창 같은 곳에 모여 살면서도 그들은 자신이 자유롭다고 말한다. 그래서 테러리스트는 아니지만 언제든 테러리스트가 될 소지가 다분한 사람들이라는 게 도시 관리국과 정치가들의 생각이다.

나는 대다수 사람처럼 정부가 이런 허무주의자들까지 보호하는 게 못마땅했다. 그저 삶을 살아내는 방식의 차이일 뿐이라지만, 인류의 의무를 다하지는 못할망정 외계의 위협으로부터 인류를 구하려는 '지구연방'의 노력을 반대하는 그들의 생각이 옳지 않다고 믿기 때문이다.

재시험이 시작되었다. 몸 몰이에 아드레날린이 분출되며 희열을 느낀다. 허무주의자들의 거주지를 파괴하고 테러리스트를 살육하지만, 죄책감은 없다. 단지 게임일 뿐이니까.

지난번 '모의 전투', 학기말시험에서 받은 피해를 고려한 까닭인지 나에게는 업그레이드 기회가 주어졌다. 폭주 아이템을 받게 된 것이다.

폭주 아이템을 사용하면 '이드'의 감각은 더 예민해지고 본능과 체력, 스피드 등 활동력이 두 배 이상 증폭된다. 완전히 마법의 물약이다.

폭주 아이템을 사용한 내 '이드'는 천하무적과 다름없었다. 총을 쏘는 족족 몹이 쓰러졌고 경험치가 두 배로 쌓였다. 경험치가 하늘 높은 줄 모르고 올라가는 것을 보니 가슴이 다 뛰었다.

"세상에! 나에게 이런 행운이 다 따라주다니, 살다 보니 이런 날도 다 있구나!"

재시험은 마치 나를 위해 준비된 것 같았다. '모의 전투' 시험을 치르면서 이렇게까지 흥미진진했던 적은 한 번도 없었다. 지난 시험에서 첨병 임무를 맡지 않았더라면 이런 행운도 따라주지 않았을 테니 전화위복이라고 해야 하나?

기세등등해진 나는 지금이 진을 위로할 절호의 기회라는 생각이 들었다. 그래서 진의 개인 통신에 접속해서 할 얘기가 있다고 말했다.

"진! 나, 너한테 할 말이 있어."

"할 말이 뭔데?"

진이 물었을 때, 마침내 내 '이드'의 레벨이 업그레이드되었다.

"이런, 이런! 벌써 레벨이 올라갔잖아!"

나는 흥분한 나머지 진과 대화하고 있었다는 것을 까맣게 잊고 말았다.

"기념으로 한 방 먹이지 그래."

어딘가 먼 곳에 숨어서 우리를 지원해주던 닉이 끼어들었다.

"좋았어! 유탄 장착!"

우쭐해진 나는 진과의 대화를 제쳐두고 교전 중이던 몹이 은신하고 있는 건너편 아파트의 창문을 향해 유탄을 조준했다.

"어디, 뜨거운 맛 좀 봐라!"

각도를 재고 방아쇠를 당기기 일보 직전이었다.

"야! 설레발치지 말고 제대로 쏴."

진의 일침이 내 정신을 흩뜨려 놓는 순간, 방아쇠가 당겨졌다.

나는 허공을 가르는 유탄의 궤적을 눈으로 좇았다. 표적에서 멀리 벗어난 유탄은 포물선을 그리며 건물 뒤편으로 사라졌다.

제기랄! 빗나갔다.

폭발음 소리가 들리는 것과 동시에 사방에서 총탄이 날아들었다. 위치가 발각된 것이다.

"으악!"

덕분에 유현과 태웅이 접속에서 해제되었다.

"넌 폭주 아이템을 쓰고도 그거 하나 제대로 못 맞추니?"

진이 신경질적으로 소리를 질렀다.

"나도 잘하려고 노력 중이야. 그러니까 자꾸 보채지 좀 마. 네가 자꾸 그러니까 더 못 하겠잖아!"

"얼간이."

"저게 진짜!"

진에게서 잔소리를 듣자 화가 났다.

나는 은연중에 진을 의식하고 있었다. 왜 그런지는 나도 잘 모른다. 몹이 말을 하는 것을 본 얼토당토않은 경험을 한 공감대가 있어서일지도 모르겠다. 진을 보면 조금은 안쓰러웠고, 조금은 부러웠다. 지난 전술 회의 뒤로 울적한 기분에 잠겨 꿈을 꾸는 듯한 표정을 짓는 진을 보면서, '나도 네 생각에 동의해.'라고 말해 주어야겠다고 마음먹었었다. 그런데 진은 나한테 저러고 있다. 내가 자기한테 얼마나 신경 쓰는지 알지도 못한 채 말이다.

"나이스 샷!"

닉이 외쳤다.

"너 나한테 신세 졌다."

뒤에서 나를 공격하려던 몹을 닉이 저격한 모양이었다.

"그래. 고마워."

젠장! 폭주 아이템 아깝게 죽을 뻔했잖아. 쳇! 앞으로는 진한테 신경 쓰지 말아야지.

"아무래도 그곳에서 빠져나오는 게 좋을 것 같아. 엄호해줄 테니까 우회해서 놈들을 잡아."

달리 방법이 없었다.

"진. 이곳을 빠져나가야 해. 우회해서 놈들을 잡자."

"맘대로."

"좀 살갑게 굴면 안 되니?"

"너 지금 한가하냐?"

내 말에 진이 대꾸했다.

"난 위로 갈 테니까, 넌 네 맘대로 해."

아무래도 위로 가는 게 훨씬 빨라 보였다. 나는 아파트 계단을 타고 옥상으로 향했고 진은 아래로 내려갔다.

우리가 각자 서로 다른 방향으로 움직이는 사이 닉이 엄호사격을 시작했다.

옥상으로 올라간 나는 교전 중이던 건너편 건물로 도약했다. 폭주 아이템으로 도약거리가 늘어났기 때문에 가능한 일이다.

옥상에서 계단 아래로 재빨리 내려가다 몹과 마주쳤는데, 몹이 경악스러운 표정을 지었다.

젠장! 뭘 그리 놀라시나!

나는 몹을 창밖으로 냅다 집어 던지고 골목 아래로 떨어지는 몹과 경쟁이라도 하듯이 계단을 성큼성큼 뛰어 내려갔다. 진보다 먼저 도착하려는 요량이었다.

문을 박차고 몹의 은거지인 아파트 안으로 들어선 순간, 진이 보였다. 젠장!

"멈춰!"

방문을 박차고 들어가려는데 진이 소리쳤다.

"왜 그래?"

"쏘면 안 돼!"

"왜?"

"어린아이가 있어."

"어린아이? 그게 무슨 뚱딴지같은 소리야?"

"내가 지금 장난하는 거로 보이니?"

"너는 아이가 있는지 어떻게 알아?"

"울고 있어. 나는 아이가 정말 싫다고!"

머릿속이 백지장처럼 새하얘지는 기분이 들었다. 지난번 시험 때 있었던 일이 생생하게 기억났다.

"외부 통신 채널로 바꿔봐. 울음소리가 들려."

정말이었다.

"이게 무슨 일이지?"

"모르겠어."

'모의 전투'에 어린아이가 나온 적은 없다. 어린아이는 몹이 아니기 때문이다.

"젠장! 대체 이게 무슨 일이람? 왜 네 녀석과 엮이면 일이 꼬이는 거냐?"

"내가 그걸 어떻게 알아?"

진이 신경질적으로 소리를 질렀다.

우리는 긴장된 상태로 방 안의 몹과 대치했다. 어떻게 해야 좋을지 알 수가 없었다.

"아무래도 보고를 해야 할 것 같아."

"맘대로."

나는 주임 선생님께 상황을 보고했다.

"어린아이 같은 건 없다. 몹을 사살하라."

"네?"

나는 내 귀를 의심하며 되물었다.

"선생님. 혹시 프로그램에 오류가 생긴 것은 아닐까요?"

프로그램 오류가 두 번 있지 말라는 법은 없지 않은가!

"다시 한번 명령한다. 몹의 은신처를 폭파해라!"

주임 선생님의 명령은 다르지 않았다.

"여기에 어린아이가 있어요!"

진이 끼어들었다.

"일을 그르칠 셈인가? 왜 명령을 수행하지 않나? 이건 모의 전투야! 어서 몹의 은신처를 폭파해라."

주임 선생님이 재차 말했다.

아무리 게임이라지만 어린아이를 죽이는 일은 왠지 꺼림칙했다. 그래도 명령을 불복할 수는 없는 일이었다. '모의 전투'에 접속한 이상 제아무리 불합리한 명령이라도 따라야 하기 때문이다.

"진. 여길 폭파하고 자리를 뜨자."

나는 단호히 말했다.

"난, 못 하겠어."

진이 반대했다.

"뭐? 못하겠다고?"

"어린아이가 있는데 이곳을 폭파하는 것은 말도 안 돼. 너무나 비인간적인 행위라고."

진이 말을 이었다.

"어쩌면 자아의 윤리의식이나 충성심을 테스트하기 위한 시험일지도 몰라. 통과의례 같은 거 말이야."

이건 대체 무슨 상황이지? 진의 말처럼 우리를 시험하기 위한 함정일까?

"지난 시험 직후 내가 제기했던 문제 말이야. 기억 안 나니?"

"알아."

명령에 따라야 할 것인가? 아니면 불복할 것인가? 명령에 복종하는 것은 정의를 수호하는 일인가? 권위에 굴복하는 것인가? 나는 딜레마에 빠지고 말았다.

진의 말에 절실히 공감하면서도 불합리한 명령을 따른다면 진은 나를 경멸할 것이다. 틀림없이 그럴 것이다. 진이 나를 벌레 보듯이 바라보는 것을 참을 수 없을 것 같았다.

나는 도대체 무슨 자격으로 진을 위로하려고 했단 말인가! 레벨이 업그레이드됐다고 좋아서 우쭐대던 내 모습이 한심하고 처량하게 느껴졌다.

"어떻게 할 거야?"

내 결정을 재촉하는 진의 눈에는 불안과 조바심이 가득 담겨 있었다. 빌어먹을!

나는 용기를 내어 말했다.

"어린아이를 죽일 수 없어요."

"뭐라고! 저 녀석은 대체 뭐야? 감상에 빠져서 환상을 좇고 있군."

"이건 게임이에요. 그런데 왜 모의 전투에 어린아이가 있는 거죠? 우리의 초자아를 예측하려는 시험인 거죠? 그렇죠?"

진이 질문 공세를 퍼부었다.

"테스트는 없다. 전략 전술을 수립하는데 유저의 초자아를 예측하는 일이 왜 필요한가?"

이대로 물러설 수는 없었다.

"시뮬레이션 게임이라고 해도 어린아이를 죽이는 건 비인간적인 행위에요."

나는 처음으로 내 주장을 내세웠다.

"비인간적인 행위라고? 젠장! 지금, 나에게 윤리의식이라도 가르치겠다는 거냐?"

격앙된 목소리는 주임 선생님이 얼마나 화가 났는지 짐작할 수 있게 했다.

"다시 말하지만 이건 시험이야! 네 녀석이 누군가에게 잘 보이고 싶어 하는지 모르겠지만, 하찮은 네 녀석의 사적인 욕망보다 지구연방의 이익이 우선한다. 알아들었냐! 이런, 한심한 녀석 같으니라고……."

내가 누군가에게 잘 보이려고 이런 결정을 내린 거라고? 내 선택이 자유의지가 아니라고?

터무니없는 소리다. 내 선택이 자유의지가 아니라면 나는 뚜렷한 주관 없이 타인에 의해 지배를 받고 있다는 말이 된다. 나는 주임 선생님의 말씀을 인정하고 싶지 않았다. 그래서 결정을 번복하지 않았다.

"못하겠어요."

괜한 오기를 부린 걸지도 모른다. 어쩌면 그런지도 모르겠다. 나는 내 자존심이 상처받지 않기를 바랐다.

"너희 둘! 접속 해제해!"

"좋아요."

"알겠습니다."

「접속 종료」

나는 두말없이 '모의 전투'에서 접속을 해제했다. 다만 폭주 아이템을 다 쓰지 못한 게 못내 아쉬울 따름이었다.

시험이 끝나자 주임 선생님이 진과 나를 교무실로 불렀다.

"왜 돌발행동을 한 거지? 어째서 명령에 복종하지 않았느냔 말이다."

선생님은 우리의 돌출행동을 지적했다.

나는 아무런 말도 하지 못했다. 할 말이 없었기 때문이다.

"퀘스트인 줄 알았습니다."

진이 나를 대신해서 대답했다.

"뭐라고?"

주임 선생님의 눈썹이 한껏 치켜떠 졌다.

"NPC가 퀘스트를 내주는 줄 알았습니다. 게임 아이템을 얻을 수 있는 이벤트 말입니다."

진은 막힘없이 또박또박 대답했다.

"모의 전투에 이벤트 따위는 없다."

주임 선생님은 단호하게 말했다.

"알고 있습니다. 처음에는 버그라고 생각했습니다. 전장에 어린아이가 있을 수 없기 때문입니다. 그런데 어린아이가 있었고, 그래서 이벤트라고 생각한 것입니다."

"으음."

주임 선생님의 입매 사이로 신음이 비집고 나왔다.

"어떻게 된 것인지 설명해 주세요. 선생님."

진은 말의 고삐를 놓지 않고 물었다.

"학생! 지금 나에게 해명을 요구하는 건가?"

"네."

주임 선생님의 얼굴이 붉으락푸르락해졌다.

"자네의 지금 행동을 지구연방의 교권에 대한 도전이라고 받아들여도 되겠나?"

주임 선생님의 말씀에 진은 고개를 푹 파묻었다.

"자네는 정학이야! 오늘부터 방학이 시작되기 전까지 의료실의 상담 전문가에게 심리 감정을 받도록!"

입술을 지그시 깨무는 진의 눈가가 촉촉이 젖어 들고 있었다.

주임 선생님은 나를 한심하다는 듯이 쳐다보며 한마디만 뱉었다.

"쯧쯧쯧. 비겁한 놈."

나는 경고를 받았고, 진은 정학을 맞고 관심 대상 목록에 올라갔다. 주임 선생님의 공평하지 않은 결정은 불편한 심기를 노골적으로 보여 주려는 의도였을 것이다.

최악의 상황이었다. 중간에서 난처한 처지가 되고 말았으니까.

진은 나를 대신해 부조리하고 불합리하며 비도덕적인 일에 대해 항변했는데 나는 바보처럼 한마디도 거들지 못했다. 바보처럼 말이다. 내가 결정한 일인데 나는 말을 아꼈고 진은 항변했다는 이유로 모든 책임을 뒤집어쓴 것이다. 세상은 이렇게 불공평한 것이다.

진은 정학 동안 매일같이 심리 감정을 받았다. 모든 게 내 잘못인 것 같았지만 미안하다고 말할 기회도 얻지 못했다. 진은 한동안 의기소침해 있었고 내가 말이라도 꺼낼라치면 핑계를 대며 외면했기 때문이다. 그래서 마음이 아팠다. 그제야 나는 주임 선생님의 말씀이 옳았다는 것을 깨달았다. 전부 내 사적인 욕망 때문이었다. 내 자존심과 시기심, 그리고 공명심 때문에 벌어진 일이었다. 그런데도 나는 아무런 항변도 하지 않았다.

그때, 아무 말도 하지 못했던 이유는 할 말이 없어서가 아니라 겁을 집어먹어서였다. 겁쟁이처럼 말이다.

후회가 밀려들었다. 내가 한 행동이 어떤 의미였는지 깨닫게 되자 비겁한 내 행동이 너무나 부끄러웠다. 진의 당당함이 늘 부러웠는데 면박을 줘서 기분이 나빴다. 왜 그런지 모르겠지만 진에게 잘 보이고 싶었고, 그래서 잘난 척하고 싶었다. 진한테 잘 보이고 싶었던 욕망이 오히려 나에게 상처가 되리라고는 미처 생각하지 못했다. 감춰져 있던 나의 내면을 보게 될 줄 몰랐다.

05 유령의 시간

"방학 동안 뭐 할 거냐?"

태웅이 물었다.

학교에서 빠져나와 무인 이동 캡슐을 타기 위해 발걸음을 옮기는 중이었다.

"글쎄? 생각해 본 적 없는데……."

한 달여의 방학이 시작되면 우리는 학교 기숙사를 떠나 가족의 품으로 돌아가게 된다. 한 학기 만에 집으로 돌아가는 것이다.

"가족하고 함께 지내겠지. 뭐."

무심코 대답했는데 내 목소리가 무척이나 공허하게 들렸다.

늘 가족을 그리워했다. 부모님이 보고 싶었고, 하나밖에 없는 여동생이 보고 싶었다. 방학이 돼서 집에 돌아가기만을 손꼽아 기다렸는데 막상 집에 가려니 또 다른 마음이 불쑥 고개를 내민다. 왜 또 다른 마음이 생기는지 알 수 없었다.

친구들과 헤어져야 한다는 게 섭섭해서일까? 동질감 때문일까?

"가족이 그립니?"

태웅의 말이 상념에 젖은 나는 깨웠다.

"무슨 말이 그래? 한 학기 동안 떨어져 있었는데 당연하지."

나는 흠칫 놀라서 과장된 목소리로 말했다. 내 마음을 들키고 싶지 않았기 때문이다.

"난 잘 모르겠다."

태웅의 목소리에는 허탈감이 배어 나왔다.

"잘 모르다니?"

"왠지 서먹서먹하게 느껴져서."

태웅이 느끼는 감정. 나도 공감할 수 있었다. 그러나 내색하기 싫었다.

"대화하는 데 전혀 공감이 가질 않아. 나만 동떨어진 기분이 든다고. 딱히 할 말도 없고 말이야."

누구나 개인적인 문제가 있다. 표면적으로 드러나는 문제일 수도 있고, 드러나지 않는 문제일 수도 있다. 그러니까 말하기를 원치 않는 한, 아무리 절친한 친구라고 해도 속속들이 알 수 없는 법이다. 속을 보여줄 수는 없으니까.

"왜 그런 생각을 해?"

어떻게 말해야 좋을지 몰라서 안절부절못하고 있는데, 녀석은 심각해지는 분위기를 일소에 날려 보냈다.

"사춘기인가 보지 뭐."

우리는 마주 보며 허탈하게 웃고 말았다.

학기 중에는 가족과의 연락이 철저히 통제된다. 텔레프레전스 커뮤니티에 접속하면 가족과 언제든 만날 수 있지만, 학교에서 일절 금지하고 있다. 소식을 전해 들을 방법은 오직 가족이 보내온 영상 편지뿐인데, 이것은 시대에 뒤떨어져도 한참 뒤떨어진 방식이다. 소통할 수 없는 일방적인 통보이기 때문이다. 가족의 안부를 확인할 수 있어 그나마 다행이긴 하지만 우리는 늘 가족을 그리워한다. 아직은 가족의 품이 그리울 나이니까.

"내게 좋은 생각이 있어. 우리 여행 가는 거 어때?"

태웅이 눈을 반짝이며 말했다.

"여행? 좋지. 그럼, 텔레프레전스 커뮤니티에서 만나자."

나는 별생각 없이 대답했다.

태웅은 겸연쩍은 표정을 지으며 고개를 절레절레 흔들었다.

"그게 아니야. 나는 진짜 여행을 말하는 거라고. 모험 말이야."

"진짜 여행?"

나는 어안이 벙벙한 표정으로 되물었다.

"어디로?"

"어디로 갈지는 아직 생각해보지 않았어. 어디가 좋을지 생각해보고 계획을 세워야 해. 뭐, 자세한 것은 나중에 다시 얘기하자."

"알았어. 언제든지 연락해."

나는 얼떨결에 태웅과 여행을 가기로 했다. 진짜 여행 말이다.

무인 이동 캡슐에 올라타자 카메라와 센서가 내 신원을 검색하기 위해 몸을 구석구석 훑기 시작했다. 내 신원이 확인되자 자주 가는 목적지 목록이 캡슐 창 전면에 떴다. 목적지 목록은 학교와 집 딱 두 군데뿐이다. 특별히 여러 곳을 갈 이유가 없기 때문이다.

텔레프레전스 커뮤니티는 모든 것을 가능하게 만들어준다. 병원에서 검진도 받을 수 있으며, 영화와 쇼핑을 즐길 수도 있다. 시간 제약 없이 여행을 갈 수도 있으며 서로 다른 친구와 두 군데의 장소에서 따로 만나 놀이를 즐길 수도 있다. 우주여행 중에 심해 탐험을 할 수 있는데, 텔레프레전스 커뮤니티에서는 생각만으로도 유저의 아바타 전송이 가능하기 때문이다. 시공간 제약이 없는 가상공간에서의 여행이지만 느껴지는 것은 실제와 똑같다. '모의 전투'와 마찬가지로 감각이 실시간으로 전달되는 것이다.

이 모든 것을 집에 가만히 앉아서 체험할 수 있어서 목적지가 두 군데밖에 없다는 건 그리 이상한 일이 아니다. 아마도 한평생을 집 밖에 나가지 않고도 학교와 직장 등 사회생활을 영위하며 살 수 있을 것이다.

이동 캡슐은 '연방 교통관리 센터'의 통제하에 얼기설기 엮어진 복잡한 자기 레일을 따라 이동했다.

"진짜 여행이라……."

왠지 마음이 들떴다. '진짜 여행'을 하면 어떤 기분이 들지 상상이 되지 않았기 때문이다.

들뜬 기분에 심장 박동이 빨라진 탓인지 센서가 내 감정을 제멋대로 분석하기 시작했다. 감정에 따른 신체 변화를 체크하고 기분전환을 위한 최적의 솔루션을 제공하기 위해서이다. 시민의 편의를 위한 것이라고는 하지만 생각할 시간마저 박탈해 가는 과장된 친절함이 종종 불쾌할 때가 있다. 영화를 시청할 거냐고 물었지만 거절했다. 그러자 조용한 음악을 흘러나왔다.

고개를 돌려 창밖으로 도시의 풍경을 바라보았다. 내가 떠나온 도시는 변함이 없었다. 나의 도시는 변하지 않는다. 언제나 기억 속 그대로다. 아마 가족 역시 마찬가지일 것이다. 우리 부모님은 태웅네 가족처럼 나만 동떨어진 기분이 들게 하지는 않을 것이다. 절대로.

"아빠. 엄마. 저 왔어요."

"오! 우리 아들. 가인이 왔구나!"

자동문이 열리자 아빠가 반갑게 맞아주었다.

"그동안 힘들었지?"

"아뇨. 괜찮아요."

"못 본 사이에 꽤 많이 컸구나."

"그래요? 난 잘 모르겠는데."

판에 박힌 얘기가 오고 갔다. 지난 방학 때도 똑같은 얘기를 했던 기억이 난다.

"엄마는요?"

어찌 된 일인지 엄마의 모습이 보이지 않았다.

"곧 돌아올 거야. 바쁜 일이 있어서 조금 늦는다고 했어."

"네."

조금 섭섭했다. 엄마는 내가 오늘 이 시간에 집에 온다는 것은 일주일 전부터 알았을 것이다. 도대체 무슨 바쁜 일이 있다는 걸까?

솔직히 일 때문에 아들이 오는 시간을 맞추지 못하고 집을 비운다는 것은 변명거리밖에 되지 않는다. 일이야 텔레프레전스 커뮤니티를 이용해 집에서도 얼마든지 할 수 있기 때문이다.

이 층으로 오르는 계단에 쪼그리고 앉아 있는 가희가 보였다.

가희는 두 살 터울의 하나밖에 없는 여동생이다.

"안녕. 내 동생."

가희는 계단 난간에 꼭 붙어서 떨어질 줄 몰랐다. 두 볼에 불만을 잔뜩 구겨 넣은 표정이었다.

"가희야. 오빠한테 인사해야지. 오랜만에 보는데 그러고 있으면 오빠가 서운해하잖아."

"안녕. 오빠."

아빠의 말에 가희가 기어들어 가는 소리로 인사를 건넸다.

"보고 싶었어. 가희야."

내 말이 끝나기가 무섭게 가희는 등을 돌리고 이 층으로 뛰어 올라가 버렸다.

가희의 행동을 본 아빠는 무척이나 당혹스러워했다.

"오랜만에 봐서 그런 걸 거야. 사춘기인지 요즘 들어 우리와도 대화를 잘 나누지 않는단다. 그러니 네가 이해하려무나."

아빠는 내 눈치를 살피며 말했다.

"전 괜찮아요. 아빠."

말은 그렇게 했지만 괜찮지 않았다. 인정하고 싶지 않았던 태웅의 얘기를 절실히 실감하고 있었기 때문이다.

"아빠. 방에 가서 좀 쉴게요."

나는 풀이 죽은 목소리로 말했다.

"그래? 그럼, 엄마 오면 같이 저녁 먹자. 널 위해서 아빠가 직접 요리했단다."

아빠의 말은 조금이나마 위안이 되었다. 아빠가 사랑한다는 말을 요리에 빗대어 표현했기 때문이다. 요즘 같은 세상에 손수 요리를 한다는 것은 무척 예외적인 일이다. 그러므로 아빠가 나를 얼마나 많이 사랑하는지 가늠할 수 있는 것이다.

"고마워요. 아빠."

나도 내 진심이 전달되기를 바랐다.

방문이 자동으로 열렸지만, 발을 들여놓기가 망설여졌다. 왠지 누군가의 허락이라도 받아야 할 것만 같은 기분이 들었기 때문이다. 나는 밖에서 머뭇거리며 방안을 들여다보았다. 지난번에 왔을 때와 달라진 것은 하나도 없었다.

주인이 없던 방. 이 방은 주인을 알아볼까? 나를 그리워했을까?

방안에 들어서자 내 몸의 열기를 감지한 센서가 쾌적한 환경을 만들기 위해 필사적인 노력을 시작했다. 시시각각으로 변하던 조명이 알맞게 변하고, 창문이 자동으로 열려 공기를 환기해 주었다. 열린 창문으로 들어온 서늘한 바람이 내 목덜미를 어루만졌다.

"너도 참 피곤하게 사는구나. 주인의 비위를 맞추기 위해서 이렇게 안간힘을 써야 하니 말이야."

나는 침대에 걸터앉아서 다시 한번 방을 찬찬히 살펴보았다. 어디에도 내 흔적은 남아 있지 않았다. 하물며 채취마저도……. 그제야 내가 이 방의 주인이 아니라 방을 꾸미는 장식품 일부에 지나지 않는다는 생각이 들었다. 결국, 방에서 내가 할 수 있는 일은 텔레프레전스 커뮤니티에 접속하기 위해 헤드셋을 쓰는 것뿐이었다.

뒤통수를 감싼 헤드셋이 머리를 조이자 시뮬레이터 액정 안경이 눈을 덮는다. 차가움이 느껴진다. 텅 빈 공간에, 디지털로 재구성된 내가 홀로그램으로 생성된다.

나는 거리를 생각했다. 텅 빈 공간이 요동치며 형태를 갖춰가기 시작하더니 디지털로 재구성된 도시가 홀로그램으로 생성되었다. 마음에 들지 않았다. 나에게는 조용하고 한적한 곳이 필요했다. 생각을 떠올리자 공간이 바뀌기 시작했다. 공간이 허물어지며 건물이 있던 곳에 산이, 사람이 서 있던 곳에 나무가 생겨났다. 그 사이로 숲길이 길게 뻗어 있었다. 나는 숲길을 걸으며 태웅을 호출했다. 태웅이 전송됐다.

"흐흐. 그새 보고 싶었냐?"

"짜식."

우리는 함께 숲길을 걸었다.

"그런데 무슨 일이야?"

태웅의 물음에 대답할 적당한 말이 떠오르지 않았다. 그래서 되물었다.

"넌 어때?"

"나? 그냥 그렇지 뭐."

태웅은 나무 사이로 빠르게 날아가는 산새에 시선을 고정한 채 대답했다. 화제를 바꾸고 싶어 하는 눈치였다. 화제를 바꾸지 않고 대화를 지속하는 방법은 오직 질문밖에 없다.

"서로에게 너무 익숙해진 탓일까? 가족보다 더 가족 같으니까 말이야."

"그럴지도 모르지."

"다른 애들은 어떨까?"

"궁금하면 연락해 보지 그래?"

"연락하기가 좀 그래."

태웅은 내가 무슨 말을 하는 건지 금세 알아차렸다.

"그 일 때문이라면 잊어. 네 잘못은 아니야. 누구나 다 실수하니까."

"진은 날 싫어해."

"그렇지 않을 거야. 너무 자책하지 말고 용기를 내봐."

태웅이 내게 한 말. 그게 바로 내가 듣고 싶어 한 얘기였다.

가족한테는 꺼내기 힘든 말. 그래서 가족한테서는 얻을 수 없는 위로의 말.

"고마워."

"고맙긴 뭘. 엄마가 부른다. 이만 가봐야겠다."

태웅이 나가자 나는 다시 혼자가 되었다.

문득 바다가 보고 싶어졌다. 나는 바다를 실제로 본 적이 한 번도 없다. 아마 다른 아이들도 마찬가지일 거다. 그래서 바다를 상상했다. 가상의 바다는 대재앙이 일어나기 전의 모습을 하고 있다. 지금은 바다가 어떻게 변했는지 아무도 모른다.

모래사장을 걸었다. 내가 걸어온 시간이 고스란히 모래사장에 남겨졌다. 나는 신발을 벗어 던지고 맨발로 파도를 밟으며 진에게 문자 메시지를 전송했다.

「잘 지내는 거지? 못 본 지 꽤 되었는데 어떻게 지내는지 궁금해서.」

곧바로 답신이 왔다.

「잘 지내. 너도 괜찮은 거지?」

「응, 난 괜찮아.」

「그래. 괜찮다니 다행이다.」

진과의 문자 메시지는 그게 다였다.

파도가 내 발을 간질이고 뒤에 남겨진 발자국을 쓸고 사라졌다. 평온한 기분을 느끼며 한참 동안 바다를 바라보며 서 있었다. 문득 진짜 바다가 보고 싶어졌다. 진짜 바다가.

"아빠, 정말 맛있겠어요. 잘 먹을게요."

식당에서는 환영파티가 준비되어 있었다. 아빠가 만든 요리는 최고였다.

맛있는 음식과 단란한 가족. 반년 만에 네 식구가 한자리에 모여 앉았으니 식탁은 소란스럽고 화기애애했어야 했다. 그러나 저녁 식사 내내 침울한 기분과 불안이 식탁 아래에서 맴돌았다.

엄마는 고개를 접시에 파묻고 그냥 먹기만 했다. 아빠 혼자서 분위기를 맞추려고 애를 썼지만, 이상하게 표가 났다. 가희는 엄마와 아빠, 그리고 내 눈치를 보느라 눈을 흘깃거렸다.

왠지 모든 게 낯설고 어색했다. 나는 내가 분위기를 망쳐놓고 있다는 생각이 들었지만 정확하게 무엇을 잘못했는지 알 수 없었다.

저녁 식사는 어떻게 먹었는지도 모르게 끝이 났다.

가희를 방으로 올려보내고 나와 부모님은 거실에 둘러앉아 담소를 나누었다. 시간이 지나면, 식사 때보다는 좀 더 분위기가 나아지리라고 생각했는데 그건 착각이었다. 우리에게는 공통 화젯거리가 없었다.

내가 '모의 전투'나 학교에 관한 얘기를 할라치면 엄마는 끔찍하다며 손사래를 쳤다. 낙제에 대한 부담과 외상 후 스트레스 장애와 나 때문에 정학을 맞은 진에 대한 고민을 털어놓을 새도 없었다. 그래서 더는 얘기를 하지 않고 가만히 듣기만 했다.

엄마와 아빠의 대화는 도무지 모르는 사람에 관한 얘기뿐이었다. 두 분은 마치 내가 존재하지 않는 것처럼 서로의 얘기에만 집중했다. 화젯거리와 소문, 그리고 이야기의 주제가 어찌나 다양한지 내 주변에서 벌어지는 일들과 고민은 하찮게 여겨질 정도였다. 세상은 이야기로 가득 차 있었다. 하지만 내 이야기는 이 세계와는 어울리지도 않고 끼어들기도 껄끄러운 이야기였다.

왠지 내 자리가 아닌 것 같아서 불편했다. 낯선 세계에 홀로 내버려진 것 같았고, 유령이라도 된 기분이 들었다.

침대에 누웠는데 상념이 떠나지 않고 잠을 방해했다.

왜 갑자기 모든 게 한순간에 변해버렸을까? 왜 이 세계에 어울리지 못하고 동떨어진 기분이 드는 걸까? 어른이 되기 위해 자신만의 세계를 만들어 가는 중일까?

나는 뒤척이다가 잠들기를 포기하고 자리에서 일어났다. 가희와 얘기를 하지 못한 게 못내 마음에 걸렸기 때문이다.

어린 마음에 부모님과 오빠의 눈치를 보느라 애태웠을 걸 생각하니 애틋한 마음이 들었다. 이미 깊은 잠에 빠져있을 테지만 그래도 미안하다는 말은 꼭 하고 싶었다.

가희 방으로 가기 위해 부모님의 방 앞을 지날 때였다. 엄마의 높은 억양이 문밖으로 새어 나왔다. 나도 모르게 우두커니 멈춰 서서 가만히 귀를 기울였다. 나를 걱정하고 있는 게 틀림없다는 확신이 들었기 때문이다. 엿듣는다는 게 꺼림칙하긴 했지만, 나는 내가 엄마에게 무슨 잘못을 저질렀는지 알고 싶었다.

"난 쟤가 너무 무서워요. 쟤를 볼 때마다 깜짝깜짝 놀란다고요. 꼭 유령 같아서 싫다고요."

엄마가 흐느끼며 말했다.

"왜 자꾸만 아픈 기억을 되살리는지 모르겠어요."

"쉿. 이러다가 가인이가 듣겠어."

아빠는 목소리를 낮추길 바랐지만, 엄마는 자신의 주장이 부당하지 않다는 것을 알리고 싶었는지 오히려 더 큰 소리를 냈다.

"들으려면 들으라고 해요!"

"진정해. 여보. 당신이 가인이를 사랑하는 거 알아. 가인이 때문에 마음 아파하는 것도 알고."

"모르겠어요. 왜 이렇게 살아야 하는 건지."

"어쩌겠소. 정부에서 하는 일인데. 우리도 동의했잖소."

"이럴 줄 알았으면, 그때 그런 결정은 하지 않았을 거예요."

"이미 다 지난 일이니 잊어버립니다. 방학이 끝나면 돌아가게 될 테니 집에 있는 동안만이라도 잘해 줍시다."

더는 듣고 싶지 않았다. 죄책감이 들기도 했지만, 정부가 관여되어 있다는 사실에 기분이 상했다. 정부라면 곧 내가 다니는 학교와도 관련이 있다는 얘기였으니까.

도대체 정부와 학교는 우리 부모님에게 무슨 얘기를 한 것일까? 또 우리 부모님은 무엇을 동의했다는 것일까?

재시험에 있었던 명령 불복사건? 나로 인해 정학을 맞은 진? 그런데

74

엄마는 왜 나를 무섭다고 하는 걸까? 반년 만에 만난 아들에게 유령 같다니…….

정부가 했음 직한 이야기와 유령 사이에는 아무런 연관성이 없어 보였다. 하지만 달리 생각해보면 엄마의 생각이 옳을 수도 있다. 엄마에게 나는 일 년 내내 단 두 달밖에 존재하지 않는 것과 다름없으니 말이다.

06 변조된 기억

가희는 곤히 자고 있었다. 사랑스러운 내 동생.

"동생아. 오빠는 널 아주 많이 사랑해."

나는 가희의 머리맡으로 다가가 귓가에 가만히 속삭여 주었다.

문으로 걸음을 옮기다 가희의 책상에 놓여 있는 조그만 액자 하나를 보았는데, 사진 속에는 10살쯤 먹은 남자아이가 8살쯤 되는 여자아이를 안고 있었다. 나와 가희였다.

어릴 적 가희와 함께 놀던 기억이 새록새록 떠올랐다. 그러나 몇 년 전에 찍은 것인데도 불구하고 사진을 찍은 그 순간의 기억은 전혀 떠오르지 않았다. 외상 후 스트레스 장애로 인한 부분 기억 상실인지도 모른다.

방을 나서려고 하는데 등 뒤에서 뒤척이는 소리가 들렸다.

"오빠."

가희가 나를 불렀다.

뒤를 돌아보니 가희가 눈을 뜨고 침대에 앉아 있었다.

"나 때문에 깼구나? 미안."

"오빠가 없어서 심심했어."

"나도 네가 많이 보고 싶었어."

나는 침대에 걸터앉아 가희와 이야기를 나누었다.

"학교는 재미있어? 친구는 많이 사귀었니?"

"어. 뭐 그냥."

가희는 화제를 나에게 돌렸다.

"오빠는 어때? 모의 전투가 무섭지 않아?"

내 이야기를 가희한테 하기에는 적절하지 않았다. 오늘 엄마의 반응으로 보아서는 내가 학교 얘기하는 것을 탐탁지 않아 하실 게 분명했다. 그래서 화제를 다시 가희에게로 돌렸다.

"무섭긴 뭘. 게임일 뿐인데. 그러는 넌 어때?"

"요즘, 어떤 남자애가 날 자꾸 귀찮게 해."

"네가 예뻐서 그래."

가희는 눈을 커다랗게 뜨고 해맑게 웃었다.

여자아이들은 칭찬받는 것을 낯설어하거나 어색해하지 않는다. 그런 점에서는 내 동생 가희도 마찬가지였다.

"난 싫어."

"너한테 반한 그 행운아 얘기 좀 더 해봐."

나는 가희에게 이야기를 계속하라고 졸랐다. 나와 내 친구들 외에 다른 사람의 이야기, 다른 세계의 이야기를 듣고 싶었기 때문이다.

가희는 내게 질문을 하지 않고 종알종알 얘기를 늘어놓았다. 나는 동조하기도 하고 맞장구치기도 하며 가희의 얘기를 주의 깊게 들었다. 하나도 놓치지 않으려고 귀를 기울였다. 침묵을 피할 수 있어서 좋았다.

우리의 대화가 지속되는 유일한 방법은 가희 혼자서 계속 떠드는 것뿐이었으니까. 가희가 내게 질문을 했더라면 나는 아무 말도 할 수가 없었을 것이다.

"오빠."

가희는 숨을 참으며 볼을 크게 부풀렸다가 볼에 가득 담긴 공기를 한숨으로 내뿜었다.

"어?"

"나는 오빠가 무섭지 않아."

"그래, 알아."

왜 그런 얘기를 하는지 이해되지 않았지만, 가희가 나를 생각하는 마음만큼은 느낄 수 있었다.

"엄마가 뭐라고 하든 신경 쓰지 마. 오빠가 누구든, 오빠는 언제나 내 오빠야."

문득, 진의 얼굴이 떠올랐다. 하필이면 왜? 젠장! 나는 가희의 당돌함을 좋아한다.

"알았어. 넌 언제나 내 동생이고. 그렇지?"

"맞아."

"이제 자야 할 시간."

"오빠도 잘 자."

"잘 자렴. 귀여운 녀석."

나는 가희의 방을 나섰다. 문이 닫히기 전에 한 번 더 가희를 돌아보았다. 어둠 속에서 가희의 미소만 하얗게 빛나고 있었다.

가희 방에서 나와서 내 방으로 돌아가려는데 계단 아래에서 불빛이 새어 나오는 게 보였다. 나는 별생각 없이 계단 아래로 내려가 거실로 들어섰다.

소파에 엄마 혼자 앉아 있었는데, 기분전환이라도 하려는지 텔레프레전스 헤드셋을 쓰고 있었다.

아빠에게 감정을 표출하고 나서 응어리가 풀렸다면 엄마는 나와 이야기를 시도할지도 모른다. 그렇지 않더라도 조용한 이 시간에 다시 대화를 시도해 보는 것도 나쁘지 않을 것 같았다. 나는 엄마에게 나에 대한 막연한 감정을 풀어드리고 싶었다. 그래서 용기를 내어 엄마를 불렀다.

"엄마!"

내 목소리가 컸는지 엄마가 흠칫 놀라며 뒤를 돌아보았다.

"어, 가인아. 아직 안 잤니? 피곤하겠다. 빨리 들어가서 자렴."

엄마는 미소 한 번 보내지 않고 사무적으로 말했다. 마치 내가 엄마에게 타인처럼 비친다는 느낌이 들어서 기분이 우울했다.

나는 방으로 돌아와 텔레프레전스 커뮤니티에 접속했다. 그리고 태웅을 호출했다. 내 옆에 디지털로 재구성된 태웅이 홀로그램으로 생성되었다.

태웅이 먼저 말을 꺼냈다.

"그렇지 않아도 연락하려고 했어."

"계획을 좀 더 앞당기는 게 좋을 것 같아."

내 말에 태웅이 웃었다. 그럴 줄 알았다는 듯이 말이다.

태웅과 나는 밤새도록 여행계획을 세웠다. 계획은 꽤 그럴듯해 보였다.

진에게 연락하기로 했지만 무슨 말을 어떻게 꺼내야 할지 망설여졌다. 무턱대고 진짜 여행을 함께 가자고 말하는 것은 정말이지 멍청한 짓인 것 같았다.

함께 여행을 가면 자연스레 미안하다는 말을 꺼낼 수 있는 계기가 생길 테고, 그러면 진과의 관계가 좀 더 좋아질 것이다. 그러면 마음이 조금은 편해질 텐데. 혹시, 진이 싫다고 하면 어쩌지?

생각이 꼬리에 꼬리를 물었지만 그런다고 달리 뾰족한 수도 없던 터라 일단 부딪쳐보기로 마음먹었다. 결과가 어찌 되었건 전적으로 진의 결정에 따를 수밖에 없는 것이다.

「안녕? 진.」

메시지를 수신하지 않으면 어쩌나 하는 걱정은 괜한 노파심이었다.

「가인아. 잘 지냈니? 웬일이야?」

「지금 뭐하니?」

「가인이 넌 뭐 하는데?」

「너랑 얘기하지.」

「나도 너랑 얘기해.」

「아!」

말문이 막혔다. 진은 종종 나를 당혹스럽게 만든다.

「할 얘기가 있어.」

「그럼, 이리 와.」

진이 나를 호출했다. 텅 빈 공간이 요동치며 형태를 갖춰가기 시작했다.

갑자기 숨이 탁 막혀왔다. 디지털로 재구성된 장소는 사람들이 주위에 꽉 들어찬 번잡한 쇼핑센터였기 때문이다.

진은 나보다 서너 살 더 먹은 남자아이와 이야기하고 있었다. 소음 때문에 언성을 높이는 건지 아니면 다투고 있는 건지 알 수 없었지만, 분위기로 보아서는 뭔가 심각한 얘기를 나누고 있는 것 같았다.

나를 발견한 진이 아는 체를 하며 다가왔다.

"누구?"

"오빠."

"무슨 심각한 얘기라도 하는 거니?"

"별거 아니야. 그런데 할 말이 뭔데?"

진이 눈을 반짝이며 물었다.

"어, 다른 게 아니라……."

"너 재시험 때 못했던 얘길 하려는 거니?"

"아, 아니야."

나는 생각지도 못한 진의 물음에 퍼뜩 놀라서 말을 얼버무리고 말았다.

어떻게 해야 하지? 하려던 말은 그게 아닌데, 진은 그 일을 아직도 기억하고 있는 거야? 젠장!

나는 자리를 옮기는 게 좋을 것 같다는 생각이 들었다.

"여기서는 좀 그래. 따로 얘기하는 게 좋을 것 같아. 내가 다시 부를게. 괜찮지?"

"알았어."

진이 오빠에게 돌아가는 것을 보고 적절한 장소를 떠올리며 공간을 변형했다. 텅 빈 공간이 요동치며 형태를 갖춰가기 시작했다. 장소가 생성되자 진을 호출했다.

진이 전송되어 오면 무슨 말부터 해야 할까?

불쑥 튀어나온 고민 탓에 머리가 지끈거렸다.

먼저, 미안하다고 말해야겠다. 그리고 '나도 네 생각에 동의해.'라고 말해 주어야지. 그리고 그때 아무 말도 하지 못한 것을 나도 후회하고 있다고 말해 주어야겠다.

"어? 바다잖아?"

언제 전송되어왔는지 진이 내 옆에 서 있었다.

"왔구나."

진은 옆에 있는 나를 제쳐두고 바다로 달려가더니 드넓은 모래사장을 뛰어다니며 파도와 물장난을 쳤다. 물에 젖는 것쯤은 아랑곳없이 미간에 주름을 잡으며 해맑게 웃는 모습을 보니 왠지 모르게 기분이 좋았다.

"할 얘기가 뭔데?"

파도와 물장난을 실컷 하고 나온 진이 나에게 물었다.

"어, 그게……."

진이 파도와 노는 것을 물끄러미 바라보는 동안 나는 내가 무슨 말을 하려고 했었는지 까맣게 잊고 말았다. 그래서 멋쩍은 웃음을 지으며 자못 진지한 어조로 물었다.

"진. 너, 바다에 가본 적 있니?"

진은 나를 힐끔 쳐다보더니 당연하다는 듯이 대답했다.

"여기가 바다잖아."

"아! 그렇지."

진과 나는 허리가 숙어지도록 배를 잡고 웃어젖혔다. 하도 웃겨서 눈물이 다 나올 정도였다. 나는 내 질문이 한심해서 웃었다. 아마 진도 마찬가지였을 거로 생각한다. 하지만 진은 자신이 왜 웃었는지 이유를 말해 주지 않았다.

"하려는 얘기가 뭔데?"

나는 정신을 바짝 차리고 진에게 하려고 했던 얘기, 진짜 여행계획을 말했다.

"진짜 바다에 가려고 해."

"진짜 바다?"

"그래. 텔레프레전스에서 만들어진 가상의 바다가 아니라 진짜 바다 말이야. 진짜 바다는 가상의 바다보다 훨씬 더 아름다울 거야."

"정말? 그거 재미있겠다. 나도 꼭 데리고 가. 꼭! 진짜 바다를 보러 가면 정말 좋을 것 같아."

진은 내 제안을 흔쾌히 수락했다.

진은 발랄하고 생기가 넘쳐났으며 그깟 정학 따위는 안중에도 없는 듯 보였다. 괜히 바보가 된 기분이 들었다. 거절하면 어쩌나 싶어 혼자서 애를 태웠는데……. 젠장!

"아참! 너한테 오빠가 있는 줄 몰랐어."

나는 분위기를 호전시키기 위해 공통의 관심사를 끌어내려고 물었다.

"나도 그래."

"아!"

진은 나를 궁지로 몰아넣을 작정이었던 게 분명했다.

"이상하니? 나도 나한테 오빠가 있는 줄 몰랐다는 게?"

나를 놀리려는 걸까? 아니면 진의 머리가 어떻게 된 걸까? 도무지 진이 만든 미로에서 빠져나올 수가 없었다.

"넌 이상한 점 못 느꼈니?"

"이상한 점이라니? 어떤? 이상한?"

나는 맥없이 같은 말을 되풀이하고 있었다. 머릿속이 백지장처럼 하얘져서 아무런 생각도 나지 않았기 때문이다.

"정확히 뭔지는 나도 잘 몰라. 그런데 뭔가 확실히 이상하기는 해. 음……."

우리 둘 사이에 침묵이 비집고 들어와 자리를 잡으려고 했다. 나는 침묵이 우리 사이에 머무는 것을 원하지 않았다. 침묵을 몰아내기 위해서 정신을 차리고 마음을 가다듬으며 조심스레 물었다.

"무슨 일인데 그래?"

"그냥. 아무것도 아니야."

"왜 그래? 나한테 말하기 껄끄러운 얘기야?"

"에이. 모르겠다. 나중에 얘기하자."

여자아이들은 곧잘 먼저 말을 꺼내서 궁금하게 만들고, 알려주지 않으며 애간장을 태우게 한다. 누가 여자아이 아니랄까 봐 진이 그러고 있다. 그래서 바짝 약이 올랐다.

"쳇. 궁금하게 해놓고 말 안 하기냐?"

나는 최대한 퉁명스럽게 물었다.

"사실은 나도 잘 몰라서 그래. 내가 받은 느낌이 너무나 주관적인 거라서 쉽게 얘기해도 좋을지 잘 모르겠어. 네가 공감하지 못할 수도 있고."

한 가지 짐작 가는 게 있었다.

"혹시, 가족에 관한 얘기니?"

나를 바라보는 진의 표정은 어떻게 알았냐고 묻고 있는 것처럼 보였다.

"태웅도 비슷한 얘기를 했던 것 같아."

"뭐라고?"

진은 눈을 반짝이며 물었다. 드디어 진과 내가 공감할 수 있는 화제를 찾은 것 같았다.

"왠지 가족이 낯설다고."

진은 침묵으로 내게 말하기를 재촉했다.

"태웅 얘기를 들었을 때는 아무런 느낌이 없었어. 그런데 집에 가서 가족을 만나고 보니 나도 그런 생각이 들더라고. 가족이 낯설다는 느낌말이야. 도대체 뭐가 잘못된 걸까? 내가 이상해진 걸까?"

"아니야."

진의 대답은 단호했다.

나는 잠시 뜸을 들인 뒤 말을 이었다.

"일부러 들으려고 했던 것은 아닌데, 우연히 엄마가 아빠한테 하는 얘길 들었어. 우리 엄마가 아빠한테 뭐라고 말했는지 알아? 내가 유령 같대. 그래서 내가 무섭대."

"정말이니?"

진의 표정이 심각하게 굳어졌다.

사실, 나는 솔직하게 얘기하지 않았다. 엄마는 내가 싫다고 말했다고 차마 할 수 없었다.

"상관없어. 별일 아닐 거야. 내가 집에 없는 동안 안 좋은 일이라도 생겼던 거겠지."

나는 애써 나를 위로했다.

"그래. 그럴 거야. 기운 내."

진이 내게 위로를 보냈다.

진이 보낸 위로에 마음이 평온해지는 기분이 들었다. 무엇보다 내 이야기를 할 수 있어서 좋았다. 있는 그대로의 나 자신에 관한 얘기 말이다. 나도 잘 모르고 있던 솔직한 내 감정에 대해 말하는 동안 마음을 잠식하고 있던 막연함이 점점 구체화 되어가는 것을 느꼈다. 진과 대화를 하면서 자신을 알아가고 있다는 느낌이 나를 사로잡았다고 할까? 왠지 내가 투명해지는 느낌이 들었다.

나는 누군가에게 지극히 개인적인 감정에 관한 얘기를 한 적이 거의 없다. 아니 할 수가 없었다. 아무도 나에게 관심을 두고 귀를 기울여준 적이 없었으니까. 그런데 진은 달랐다. 진에게는 내면을 들여다보게 하고 발견하게 하고 꺼내놓게 하는 묘한 재주가 있었다.

학교에 다니면서 언제나 쫓기듯 살았다. 낙제하지 않기 위해서, 주변 사람들을 실망하게 하지 않기 위해서. 좋아하는 사람을 실망하게 하는 일은 정말 슬픈 일이다.

나는 자신을 믿지 못하고 항상 무언가를 증명해야 한다는 부담감에 억눌려왔다. 그래서 맹목적으로 학교생활에 집착했다. 그러나 결과는 항상 예측하지 못한 행동과 변화를 만들어왔다. 자신도 예측할 수 없는 결과를 향해 맹목적으로 내달리고 있다는 것도 모른 채, 집착에 얽매여있던 것인지도 모르겠다.

"그럼, 나도 말할게."

내 말에 용기를 냈는지 진도 자신의 이야기를 꺼내 보였다.

"동생이 있었어. 아니, 모르겠어. 꼭 그랬던 것 같아."

말을 마친 진은 잠시 입을 다물었다. 생각을 정리하는 표정이었다. 아직 할 말이 남아 있을 거라는 생각이 들어서 끼어들지 않고 다시 입을 열기를 가만히 기다렸다.

"그런데 지금은 없어."

"어? 그게 무슨 말이야?"

"동생이 없다고."

또다시 말문이 막혔다.

"분명히 동생이었어. 내 기억에는. 그런데 동생이 아니라 오빠가 있는 거야."

"말도 안 돼."

"정말, 말도 안 되는 얘기지?"

진은 애절한 표정으로 나를 바라보았다.

"네 동생이 네가 없는 동안에 훌쩍 커버렸다는 얘기야?"

"어쩌면 기억을 조작하는 걸지도 모르지. 음."

진은 콧잔등에 한껏 주름을 만들며 말했다. 진지해 보이기도 하면서 우스꽝스러운 그 표정이 너무나 귀여웠다. 진은 여지없는 장난꾸러기였다.

"도대체 누가? 왜?"

"사람들은 모두 변해. 나이를 먹고 경험을 쌓으면 생각이 변하지. 그런데 나는 늘 똑같아."

갑자기 진의 표정이 진지해졌다.

"이런 생각이 들었어. 내가 온 정신을 학교에 쏟아붓고 모의 전투에 빠져있는 동안 나만 빼놓고 세상이 변하는 게 아닐까 하는 생각. 내 동생이 훌쩍 자라버린 건 아닐까 하는 생각."

"그건 나도 마찬가지야."

진의 말에 절실히 공감했다. 나 역시도 관심사는 '모의 전투'뿐이었으니까.

"나는 모의 전투밖에 몰라. 내 가족과 주위에서 무슨 일이 벌어지고 있는지 하나도 모른다는 거야. 내가 이 학교를 몇 년째 다니고 있는지 의심스러워."

"하하하."

갑자기 웃음보가 터졌다.

"왜 웃니?"

"나는 네가 너무 웃긴다."

"왜? 난 지극히 정상인데."

"맞아."

나는 말을 정정했다.

"네 상상력이 재미있어서 그래."

"뭐 재미있다고? 어쩌면 난 너보다 나이가 더 많을지도 몰라."

어이가 없었다. 그런데 자꾸만 웃음이 나왔다.

진은 암담한 상황인데도 날 웃게 했다. 정말이다.

"너를 보면 즐겁다."

"그게 무슨 뜻이니?"

진의 물음에 당혹감을 느꼈다.

문득 그런 생각이 들었는데 나도 모르게 입 밖으로 내뱉고 만 것이다.

"아! 그러니까 그게……."

나는 둘러댈 말을 찾기 시작했다. 그리고 해답을 찾았다.

"너를 보면 기분이 좋아. 그래서 즐겁다고."

자못 심각하게 한 말인데 진이 웃으며 대답했다.

"나도 널 보면 좋아."

진의 말을 들으니 기분이 좋았다. 그래서 나도 따라 웃었다.

07 공중항해

진짜 여행에 함께할 멤버가 정해졌다.

진과 태웅, 애리와 유현, 닉과 아미 그리고 나 이렇게 일곱 명이었다. 우리는 텔레프레전스 커뮤니티에서 만나서 여행계획을 다듬기 시작했다.

"높은 곳은 딱 질색인데."

진은 절망적인 어조로 말했다.

"가는 방법이 그것밖에 없어. 미안해."

"그럼, 어쩔 수 없지 뭐."

진에게는 미안한 일이지만 진짜 바다를 볼 방법은 공중항해뿐이었다.

"비행선을 어떻게 구할 건데? 제한이 너무 많아."

유현이 진짜 여행계획의 허점을 지적했다.

"먼저 고등학생이 비행선을 구하는 것은 불법이야. 그리고 도시의 방벽 밖으로 나가려면 허가를 받아야 해."

"다 방법이 있어. 얼마 전에 태웅네 아빠가 비행선으로 도시 방벽 너머를 여행했대."

나는 태웅에게 눈길을 돌렸다.

"그래. 아빠가 연방 교통관리 센터에서 받은 여행허가증을 보여줬는데 내가 복제해 뒀지. 이것만 있으면 비행선을 대여하는데 아무런 문제가 없을 거야."

태웅은 복제해 놓은 여행허가증을 자랑스레 꺼내 보였다.

"그럼, 항로는 어떻게 할 거니? 항로는 바다를 향해 나 있지 않잖아."

아미가 물었다.

"맞아. 그게 문제야. 그래서 대안을 생각해 뒀지."

태웅이 말을 이었다.

"먼저, 항로를 유지해야 해. 그리고 적정한 곳에서 공중부양 신호기를 설치하고 우리는 항로를 이탈해서 바다로 향하는 거야."

"아! 공중부양 신호기에는 텔레프레전스 커뮤니티 통신망과 연결해 놓을 거야. 그래서 언제든 연방 교통관리 센터와 송수신을 할 수 있게 할 거고. 그러면 아무도 우리가 항로를 벗어났다는 사실을 모를 거야."

내가 덧붙였다.

"이동하지 않고 오랫동안 머무르면 이상하게 여길 텐데? 순찰대가 올 거라고. 그럼 다 알게 되잖아."

애리의 물음에 내가 대답했다.

"걱정하지 마. 순찰대가 의심할 즈음 조난 신호를 보내는 거지."

"그래서?"

"아마, 순찰대는 항로에서 조금 떨어진 곳에서 우리를 발견하게 될 거야. 그때는 이미 바다를 보고 난 후겠지만 말이야."

태웅이 맞장구쳤다.

"계획대로 될까?"

"진짜 바다를 보려면 그 정도 각오는 해야 하지 않을까?"

애리의 물음에 진이 대답했다.

나는 틀을 깬다는 사실에 기분이 무척이나 설렜다.

진짜 바다를 보기 위한 모험! 그것은 누군가 금지하는 일을 하는 것, 그래서 위험을 감수해야 하는 일이기도 했다. 성패를 떠나서 나도 무언가를 시도할 수 있다고 생각하자 어른이라도 된 기분이 들었다. 진짜 어른 말이다. 정말 근사했다.

나는 지금껏 누군가가 정해 놓은 항로에서 벗어난 적이 단 한 번도 없었다. 항로를 벗어날 필요성을 느끼지 못했기 때문이다. 모든 게 다 나에게 맞춰져 있다고 생각했으니까. 편안하고 익숙한 학교생활, '지구 연방'의 군인이라는 정해진 미래…….

나는 늘 판에 박힌 일, 권태로움에 익숙해 있었다. 그래서 누군가 정해 놓은 항로가 좋은지 나쁜지 생각조차 해본 적이 없다. 나에게 맞는 일인지, 내가 원한 일이었는지, 내가 정말 좋아하는 일인지 말이다. 나는 아무런 의심 없이 받아들였다. 아무렴 어떤가! 누구나 다 그렇게 하는데…….

새로운 항로를 개척하기 위해서는 시행착오로 인한 고통을 겪을 것이다. 또, 혹시 모를 실패 뒤에는 패배자라는 꼬리표가 따라다닐 것이다. 하지만 누군가 만들어 놓은 정해진 항로에 나를 끼워 맞추면, 실패하더라도 꼬리표 따위는 붙지 않는다. 손해 볼 게 없는 셈이니 타인의 시행착오를 반복할 필요가 없는 것이다. 젠장!

물론 그것이 전적으로 옳은 일이라는 것은 잘 안다. 그런데 갑자기 왜 이런 무모한 일을 벌이고, 충동적인 행동을 하게 된 걸까? '모의 전투' 경험으로 '이드'의 충동적인 욕구가 나에게 전이된 걸까? 아니면 진이라는 아이가 내 잠재적 욕구를 드러내게 한 걸까?

"항로를 벗어나서 바다를 가려면 밀림을 지나가야 해. 검은 숲 말이야."

닉의 목소리를 듣고서야 어느 순간 내가 아이들과의 대화에서 동떨어져 나와 있었다는 사실을 알게 되었다.

"검은 숲이라니? 지금 외계 식물을 말하는 거니?"

애리가 되물었다.

"그래 맞아."

"거기 위험하지 않니? 자유연합의 은거지라는 소문도 있고 말이야."

검은 숲, 또는 하얀 숲이라고 불리는 밀림. 온통 검은색 일색인 나무와 나뭇잎이 빽빽이 들어차 있는 그곳은 갖가지 기괴한 소문만 무성한 곳이다. 외계 종족이 가져온 이 외계 식물은 특이한 특성 때문에 두 가지 이름이 붙게 되었다. 1년 중 대부분을 차지하는 건기에는 검은색이지만 우기가 시작되는 한 달 동안 부피는 3배 이상 커지고 하얀색으로 변한다. 한해살이의 물을 우기에 모두 빨아들인 뒤 체내에 저장하는 것이다. 그리고 점점 회색이 되어간다. 그리고 한 해가 지날 때쯤 물기가 모두 사려져 검게 변하는 것이다. 그래서 외계 식물의 정확한 색이 어떤 것인지 모른다.

"검은 숲에 기생하는 외계생물도 많다고 들었어."

아미가 거들었다.

"걱정하지 마. 우리는 검은 숲에 가는 게 아니니까."

"그래도 모르는 일 아니야. 혹시 맹수나 외계생물을 만나게 되면 어쩌지?"

"그깟 괴물 따위가 뭐가 겁난다고 그래? 우리는 매번 괴물들을 죽이잖아."

유현이 의기양양하게 말했다.

"모의 전투와 실재는 달라. 이드 없는 우리는 아무런 힘도 없는 존재야."

진이 말했다.

"글쎄. 왠지 나는 이길 수 있을 것 같은데?"

닉이 대꾸했다.

나도 닉과 같은 생각이었다. 경험의 진짜와 가짜를 구분하는 것은 무의미한 일이기 때문이다.

"시도해 보지 않고 미리 걱정할 필요 없어. 우리의 목표는 진짜 여행이잖아. 누구도 해보지 않았기 때문에 어떤 일이 생길지 몰라. 그러니까 괜한 걱정은 하지 말자."

마치 선생님이라도 된 것 같은 기분이 들었다.

"예기치 못했던 상황에 부딪힌다고 해도 우리에게는 알맞게 대처할 수 있는 능력이 있어. 모의 전투를 통해서 얻은 경험이 바로 문제해결력이니까."

내가 한 말은 결국 이안 선생님이 우리에게 했던 말과 다르지 않았다. 경험의 공유를 통해서 전 인류가 얻을 수 있는 자산은 불시의 위협에 대처하는 문제해결 능력이다. 나는 왜 이안 선생님이 불필요한 경험을 강조하는지 알 것 같았다.

나는 자신감이 넘쳤다. 친구들이 있었고 새로운 무언가를 선택하고 시도한다는 도전에 직면해 있었다. 정말, 뭐든지 다 할 수 있을 것 같았다.

"뭘 원하지?"

비행선의 판매상인 남자가 눈을 가늘게 뜨고 의심스러운 눈길을 보냈다.

진짜 여행계획이 어느 정도 가시화되자 우리는 텔레프레전스 커뮤니티에 접속해서 비행선을 대여하는 중고시장을 찾았다. 텔레프레전스 커뮤니티의 최대 장점은 시공간 제약 없이 원하는 장소에서 원하는 일을 할 수 있다는 것이다.

"비행선을 빌리려고요. 도시 방벽 밖으로 여행을 할 거예요."

애리가 운을 뗐다.

"물론 허가는 받았겠지?"

"그럼요."

"곧 우기가 시작될 거야. 비행선으로 여행하기는 적절하지 않아."

비행선 판매상은 기계 의족을 가진 거구의 중년 사내였는데, 입을 열 때마다 술 냄새가 진동했다. 술과 기름 없이는 한 걸음도 움직이지 못할 거라는 생각이 들었다.

"우리는 정해진 항로를 따라 이동할 거예요. 허가증도 받아왔다고요."

유현이 말했다.

"너희 꼬맹이들은 항상 그렇게 말하지만 뭔가 호기심을 자극하는 일이 생기면 무모하게 뛰어들어. 앞뒤도 재어보지 않고 말이야."

"위험한 일은 절대 하지 않을 거라고요."

"나더러 그 말을 믿으란 말이냐?"

거만한 태도를 보인 사내는 비꼬는 투로 말했다.

"중고 비행선 대여만 30여 년을 해왔지. 너희 같은 꼬맹이들은 수없이 봐왔어."

우리를 어리다고 얕잡아보는 게 틀림없었다.

"그래서요? 그게 뭐 어쨌다는 거죠? 비행선을 대여하지 않겠다는 뜻인가요?"

진이 끼어들더니 사내에게 쏘아붙이기 시작했다.

"소비자 보호법의 의무 조항에 따르면 판매자가 특별한 이유 없이 소비자에게 서비스를 제공하지 않을 경우, 소비자는 기본적 권리 침해 이유로 판매자를 관련 기관에 제소할 수 있어요. 만약, 분쟁이 해결되지 않으면 기관은 판매자에게 경고 조치 또는 시정명령을 내리고 영업 정지까지 고려할 수 있어요."

사내는 얼빠진 얼굴로 눈만 껌뻑거렸다.

예전부터 공중을 항해하는 사람들은 거칠기로 정평이 나 있다. 사내의 거친 태도와 험악한 표정만으로도 그 말이 사실임을 알 수 있을 정도였다. 그래서 괜히 심기를 건드린 게 아닌가 하는 생각이 들었다.

"하하하. 그 무모함이야말로 너희들이 누릴 수 있는 최고의 특권이지. 내가 졌다. 준비해 놓으마."

사내는 눈썹을 치켜세우며 호탕하게 웃어젖혔다.

"5번 격납고에 넣어 둘 테니 여행 날짜에 맞춰 찾아가면 될 거다."

노파심에서 비롯된 추측은 여지없이 빗나가기 일쑤이다.

"정비는 확실히 해주세요. 그리고 공중 부양 신호기도 꼭 준비해 주시고요."

기세가 오른 닉이 덧붙였다.

"암, 물론이지."

우리가 모은 돈으로 대여할 수 있는 비행선은 제작된 지 50년이 조금 넘은 고물 증기 비행선뿐이었다. 증기 비행선은 '지구연방'의 과학과 첨단기술의 결정체다. 물론 50년 전의 이야기다.

증기 비행선은 큰 기낭 속에 공기보다 가벼운 기체를 넣고 뜨는 힘을 이용하여 공중을 날아다니도록 만들어졌다. 속도가 느리고 기낭이 커서 많은 면적을 차지하는 결점이 있지만, 우리의 진짜 여행에 활용하기에 적합했다.

저속으로 운행하는 증기 비행선을 타고 진짜 여행을 하는 일을 그야말로 환상적일 것이다. 외계생명체가 언제 어디서 튀어나올지 모르는 밀림 위를 한가롭게 이동하게 되니 말이다.

"아참! 너희들 공중항해는 처음이지?"

사내가 의미심장한 미소를 지으며 물었다.

"그런 건 왜 묻는 거죠?"

나는 경계를 늦추지 않고 되물었다.

"증기 비행선은 도시 방벽을 빠져나가기 전까지 수송선 화물칸에 있을 거다. 방벽을 빠져나간 뒤에는 증기 비행선이 어디로 갔는지 내 알 바 아니지만 말이야."

사내가 윙크를 해 보였다.

구역이 솟았지만 참았다. 매우 좋은 징조이기 때문이다. 사내 역시 우리의 계획에 동참한다는 뜻이었으니까. 이 남자. 왠지 모르게 음흉한 구석이 있었다.

"노파심에서 하는 말인데, 공중항해에는 몇 가지 조심해야 할 일이 있단다."

사내가 또다시 운을 뗐다.

공중을 항해하는 일에는 몇 가지 위험 요소가 필연적으로 뒤따르게 마련이다. 날씨나 기온의 변화에 민감할 수밖에 없기 때문이다. 예기치 못한 사고나 천재지변으로 기낭이 찢어져 중력을 이기는 힘을 잃게 되면 가을바람에 떨어지는 낙엽보다 나을 바가 없는 것이다. 젠장!

"항로만 벗어나지 않는다면 외계생물의 습격을 피할 수 있을 텐데요."

"그런 게 아니야. 항해가 길어지면 자기 내면과 맞닥뜨리는 순간이 찾아오게 될 거야."

사내의 말이 무슨 뜻인지 이해가 되지 않았다.

"도대체 무슨 소리를 하는 거예요?"

진이 따져 물었다.

사내는 고개를 들어 하늘을 바라보며 사색에 잠긴 표정을 지었다.

"음. 하늘 위는 아무런 모양도 없고 오직 새파란 허공만 펼쳐진 무위의 세계지."

사내는 허공에 대고 두 손을 활짝 펼쳐 보이는 몸짓을 했다. 자기 말에 주목하게 하는 방법을 아는 듯했지만 어울리지 않았다.

"적막이 흐르는 가운데 아무런 허식 없이 자신을 되돌아볼 기회가 생길 거야. 내면의 진실과 근원적인 물음을 접할 때, 현기증을 느끼게 될 게다. 자연의 경이로움에 세상사를 빗대어보면 그 순간 인간이 얼마나 보잘것없는 존재인지 깨닫게 되는 거지."

"내면의 진실과 근원적인 물음이요? 참 거창하군요."

"명심하는 게 좋을 거다. 너희 중에서 비행선에서 뛰어내리지 않는다고 확신할 수 있는 사람은 아무도 없을 테니까."

"빌어먹을!"

나도 모르게 쌍소리를 내뱉고 말았다.

우리 모두 사내의 말에 귀를 기울이거나 곧이곧대로 믿을 정도로 어수룩하지 않다.

공간을 변형해서 비행선을 대여하는 중고시장을 빠져나온 뒤, 우리는 진에게 칭찬 세례를 퍼부었다.

"너, 멋지다! 정말 대단했어."

"진! 도대체 네 정체가 뭐냐? 어떻게 그런 걸 다 알고 있는 거지?"

"맞아. 언제 그런 걸 준비해 온 거야?"

"별거 아니야. 다 꾸며낸 얘기야. 아마 그 아저씨도 다 알고 있었을 걸!"

"아!"

너무도 태연한 진의 대답에 할 말을 잃은 것은 나뿐만이 아니었다.

아이들 모두 입도 뻥긋하지 못한 채 멍하니 진을 바라보았다.

"너라는 아이는 정말……."

"내가 왜? 무슨 말을 하고 싶은 건데?"

하고 싶은 말이 떠올랐지만, 입 밖으로 꺼낼 수 없었다. 속마음을 꺼내 보이기가 두려웠기 때문이다.

"뭐냐고? 빨리 말 안 해?"

"꽉 깨물어주고 싶다고. 됐냐?"

내 마음을 어설프게 표현하면 왠지 사이가 더 멀어질 것 같아서 에둘러 말했다.

"됐거든. 나 맛없어."

진은 내 말을 영리하게 받아넘겼다.

나는 이중화법을 즐겨하지 않는다. 의미를 해석해야 하는 번거로움 때문이다. 그래도 상처받지 않을 수 있는 유일한 방법이기 때문에 어쩔 수 없다.

부모님에게는 진짜 여행에 대해 아무런 얘기도 하지 않았다. 그저 학교에 일찍 돌아가게 되었다고 영상 메시지만 남겼다. 아빠는 잘 모르겠지만 엄마는 서운해하지 않을 것이다.

가희와 놀아주지 못하고 일찍 헤어지는 게 못내 아쉬웠다. 그래서 시간 나는 대로 텔레프레전스 커뮤니티에 접속해서 만나기로 약속했다.

우리는 예정대로 5번 격납고에서 고물 증기 비행선을 탔다. 증기 비행선은 10배쯤은 더 큰 수송선의 화물칸에 옮겨졌고, 도시 방벽의 검색을 무사히 통과했다.

방벽으로 둘러싸인 도시가 보이지 않게 될 즈음 우리가 탄 증기 비행선은 수송선에서 유유히 떨어져 나왔다. 계획은 대성공이었다.

"야호! 성공이야!"

"그래, 우리가 해냈어."

우리는 막연하게 생각한 일을 해낸 것에 알 수 없는 자부심과 희열을 느꼈다. 진이 말을 끊기 전까지…….

"아니. 왠지 좀 마음에 걸리는걸."

진은 또다시 콧잔등에 한껏 주름을 만들더니 진지하면서 우스꽝스러운 표정으로 중얼거렸다.

"넌, 또 왜?"

"너무 쉬웠어. 뭔가 수상해."

진은 고개를 절레절레 흔들었다.

괜스레 시무룩해지는 기분이 들었다. 옳은 말을 하더라도 조금쯤 기분을 맞춰 주었으면 싶었기 때문이다.

증기 비행선은 개별적인 부속들이 모여 일정한 목적 아래 각 부분과 전체가 필연적 관계를 맺는 조직, 즉 하나의 유기체이다.

주동력기관은 증기기관으로, 보일러에서 보낸 증기의 팽창과 응축이 피스톤을 왕복 운동시킴으로써 동력을 얻는다. 동력 대부분은 증기 비행선의 좌우 날개를 회전시키는 데 사용하고 나머지는 방향을 조정하는 좌우 프로펠러를 돌린다.

키를 조정하는 조타실은 풍향과 날씨, 공중에서의 위치를 파악하기 좋은 선두에 자리하고, 조타실 바로 뒤에 기관실이 자리 잡고 있다.

중앙 하단부는 증기기관에 필요한 물을 담는 수조가 있는데, 수조의 물은 고도를 조절하는 가장 중요한 역할을 하며 내부에 연결된 증기관을 통해서 각 선실의 온도를 데워준다.

선미는 선원들의 침실, 식당, 그리고 항해에 필요한 물품 등을 보관하는 화물칸이 있다.

제 임무를 수행하는 각각의 장치들이 조합을 이루면 거대한 기계 덩어리가 살아 움직이기 시작한다. 거대한 고철 덩어리가 생명체가 되는 순간, 증기기관은 심장이 되고, 배관은 혈관이 되며, 증기 비행선의 구석구석을 타고 흐르는 물은 피가 된다. 우리 역시 유기체의 일부인 신경세포가 되어 거대한 기계 덩어리가 공중을 날 수 있도록 하는 부속품이 되고 만다. 이처럼 공중항해를 한다는 일은 증기 비행선과 유기적인 관계가 되는 것이다.

우리는 증기 비행선을 조정하기 위해 업무를 분담했다. 태웅과 유현이 조타실에서 키를 잡았고 애리와 아미가 요리를 맡았으며 닉과 나는 기관실의 보일러를 담당했다.

아! 진은 요리하지 않았다. 솜씨가 형편없었기 때문이라기보다는 모두의 안전을 위해서였다. 진이 만든 음식이 우리를 위협에 빠뜨리는 방법은 얼마든지 있다. 예를 들면, 구역질하려고 증기 비행선 밖으로 머리를 내밀었다 불의의 사고를 당하는 일 같은 것 말이다. 진은 순전히 우리의 안전을 위해서 자신이 잘할 수 있는 일을 포기한 것이다. 키를 잡기에는 힘이 약했고, 보일러실에서는 할 일이 없었다. 그래서 진은 선장이 되었다.

여행은 순조로웠다. 천둥과 번개를 동반한 호우나 변덕스러운 돌풍, 급작스러운 기온의 변화도 감지되지 않았다. 그래서 순조롭게 진행되는 듯했다. 내면의 진실과 근원적인 물음을 접하기 전까지는……

08 검은 숲

 불길한 징조는 출항 사흘째 찾아왔다.

 도시에서부터 이어진 평지를 지나 검은 숲의 경계가 되는 험하고 가파른 협곡을 빠져나가기 바로 직전이었다. 증기 비행선의 조정이 쉽지 않은 곳이었는데, 엎친 데 덮친 격으로 잠잠했던 돌풍마저 불어 닥쳐 이상 기류를 만들어내고 있었다.

 조타실에서 키를 잡은 태웅과 유현은 증기 비행선의 양 날개를 접고 기낭과 동력에 의지해 언제 닥쳐올지 모를 기류 변화에 신경을 곤두세우고 있었다. 이상기류에 빠져들면 증기 비행선이 수직으로 강하하게 되는데 이때, 갑작스러운 기압 변화의 충격으로 고막이 터지는 불상사가 생기기도 한다.

 태웅은 가까스로 증기 비행선의 강하를 막고 이상기류에서 벗어나기 위해 고도를 최고치까지 올렸다. 그때 나는 닉과 함께 기낭 위 전망대에서 돛을 접고 있었다.

 증기 비행선이 구름 위를 벗어나자 한없이 푸른빛이 한꺼번에 동공으로 쏟아져 들어왔다. 새파란 빛으로 다가오는 공허는 시공간 감각을 마비시켰다. 아무 소리도 들리지 않았다. 세상이 기이하고, 생경하게 느껴졌다. 문득 내면에서 강한 충동이 일어났다. 다급한 마음에 시선이 머무는 곳으로 손을 죽 뻗는 찰나, 누군가가 나를 불렀다.

"기온아!"

닉의 목소리에 정신이 퍼뜩 들었다. 몸이 처지고 머리로 피가 쏠리는 느낌이 들어 주위를 둘러보니 온통 검은색 일색이었다.

"가인아. 정신 차려!"

그제야 닉이 거꾸로 매달려있는 내 발을 꽉 부여잡고 있다는 것을 알아차렸다.

"도대체 무슨 일이야?"

"너 미친 거야?"

내 물음에 닉이 소리를 질렀다. 그리고 태웅과 진, 애리가 뛰어나오는 모습이 거꾸로 보였다.

아마도 정신을 잃었던 모양이다. 정신을 차리자 걱정스러운 얼굴을 한 아이들이 너나 할 것 없이 질문 공세를 퍼부었다.

"가인아. 괜찮니?"

"갑자기 왜 공중으로 뛰어든 거야?"

나는 내가 공중으로 뛰어들었다는 사실을 기억하지 못했다.

"너 혹시, 네 내면과 맞닥뜨리기라도 한 거냐?"

눈을 가늘게 뜨고 묻는 닉은 도무지 믿기지 않는다는 표정이었다.

나는 아무 말도 하지 않았다.

나는 모른다. 잠시 기절을 한 건지, 아니면 내면의 진실과 근원적인 물음을 마주한 건지 확실치 않다. 그저 내 의지가 거부할 수 없는, 굴복할 수밖에 없는 어떤 충동이 생긴 것만은 분명하다. 내가 정말 무엇인가를 본 것인지, 아니면 꿈을 꾼 것인지 나는 모른다.

그 일로 우리는 증기 비행선 어디를 가더라도 둘씩 짝지어 다녔다. 나는 증기 비행선에 있는 동안에는 결코 하늘을 바라보지 않았다. 그런 일을 또다시 겪게 될까 봐 두려웠기 때문이다.

지루한 여정이었다. 증기 비행선이 너무 느린 탓에 온종일 변함없는 똑같은 하늘과 풍경을 봐야만 했다. 게다가 가상 여행에 익숙한 우리에게 느려터진 여정이 직성에 맞지 않았다. 가상의 여행은 언제나 신속했다. 원하는 때에 어디로든 갈 수 있었고, 시간을 낭비할 필요도 전혀 없었다. 그에 비하면 진짜 여행은 지루했고 따분했고 생각처럼 즐겁지 않았다. 일탈의 흥분과 무모한 도전에 거는 기대 역시 처음과 같지 않았다.

딱 한 가지 맘에 드는 점은 이야기의 주제와 직접 입을 움직여서 말하는 대화 방식이었다. 학교에서는 대부분 '모의 전투'와 성적에 관한 얘기뿐이다. 사적인 얘기라는 게 없다. 누구나 다 똑같은 생각을 하니까. 그러나 진짜 여행에서 우리는 쓸데없다고 생각해 왔던 이야기, 한 번도 주의를 기울이지 않았던 이야기를 나눴다. 대화 방법도 특별했다. 헤드셋을 쓰고 텔레프레전스 커뮤니티에 접속하면 텍스트 메시지나 영상 메시지 전송뿐만 아니라 입을 움직이지 않고도 모든 대화가 가능하다. 머릿속 생각만으로 의사소통하는 것이다. 그러나 이곳에서는 입을 움직여서 말해야 했다. 텔레프레전스 커뮤니티에서의 생각 전달이 아니라 눈을 마주 보고, 입술을 바라보며 표정을 읽는 진짜 대화를 나눌 수 있게 된 것이다. 몸짓 언어를 통해 말 뒤에 숨겨진 감정을 파악하는 것이 익숙해지자 오히려 서로에 대해 몰랐던 부분을 새록새록 알게 되는 것 같았다.

"한 가지 의아한 점은 몹의 설정이야. 자유연합이야 이해가 가지만, 식민지 해방 전선이라는 명칭은 도통 이해되지 않아."

애리가 말했다.

"식민지란 아마도 지구연방을 두고 하는 말일지도 몰라. 지구연방 소속의 도시를 식민지로 인식하고 있는 거겠지."

유현이 대답했다.

"그럼, 식민지란 도시를 가리키는 거고, 즉 자기들이 지구연방에서 해방한다는 뜻인가?"

"그렇겠지. 결국, 지구를 외계 종족의 식민지로 만든다는 거겠지."

"참나! 꿈보다 해몽이군."

누구의 관점으로 바라보는가에 따라 고유의 명칭이 갖는 의미도 뒤바뀔 수 있다.

"지금 계획대로 되어가고 있는 건가? 항로를 바꾸려면 얼마나 더 가야 하지?"

"이 속도라면 하루나 이틀 정도 더 가야 할 것 같아."

내 질문에 유현이 대답했다.

"너무 느리다."

우리는 너나 할 것 없이 긴 한숨을 내뱉었다.

이야기의 화제를 바꾸기 위해 우리는 한 번도 관심을 두지 않았던 뜬소문에 주의를 기울였다.

"그 이야기 들었니? 지구연방 과학연구센터에서 시간여행 장치를 개발 중이래."

"진짜?"

"에이, 그건 아주 오래전부터 있었던 얘기야. 아마, 천년도 넘은 루머일걸?"

조용한 성격의 아미는 의외로 뜬소문에 대해 많이 알았고, 닉은 변함없이 딴죽걸기를 좋아했다.

"그래도 시간여행 장치가 개발되면 좋을 것 같아."

나는 시간여행 장치가 만들어지기를 원하지 않는다. 과거나 미래를 보고 있는 내 모습은 현재 그대로일 테니 말이다. 그게 대체 무슨 의미가 있다는 말인가?

"시간여행이 가능해진다면 너희는 뭘 하고 싶니?"

잠자코 있던 진이 물었다.

"나는 과거로 돌아가서 지구를 대재앙 이전의 상태로 돌려놓을래."

애리가 말했다.

"난 미래로 가서 외계 종족이 어떻게 멸종하는지 두 눈으로 똑똑히 보고 싶어."

태웅은 주먹을 불끈 쥐며 대답했다.

진은 나를 쳐다보았다. 내 얘기를 듣고 싶은 모양이었지만 나는 별생각이 없었다. 그래서 진에게 되물었다.

"그러는 너는? 너는 무얼 하고 싶어?"

"나는 어린 시절로 돌아가 보고 싶어."

진은 잠시 뜸을 들인 뒤 말을 이었다.

"누구 어린 시절 이야기 좀 해볼래?"

"나는 기억이 안 나."

"나도 그래."

"너는 어때?"

"아! 나도 기억이 잘 안 나는걸?"

모두 의아한 표정으로 고개를 갸우뚱거렸다.

우리는 서로의 눈치를 살폈다. 누구라도 한 명은 기억나기를 바라는 마음이었다. 그러나 누구도 대답하지 못했다.

"어떻게 이런 일이 다 있지?"

이상한 일이었다. 왜 우리 중 누구도 어린 시절을 기억하지 못하는 걸까?

"우리에게는 한 가지 공통점이 있어. 우리 중 누구도 어린 시절, 그러니까 10살 이전의 기억을 가진 아이가 없다는 거지. 왜일까?"

진은 콧잔등에 한껏 주름을 만들었다. 그러나 이번에는 우스꽝스러워 보이지 않았다.

다른 사람에게 동질감을 가진다는 것은 매우 특별한 일이다. 서로 공감을 하고 교감을 나눌 수 있는 기억이 있다는 것은 서로를 특별하게 만들어준다. 그러나 이런 얼토당토않은 동질감은 들어본 적도, 생각해 본 적도 없었다. 의혹이 꼬리를 물었다.

"뭔가 꺼림칙하지 않니?"

진이 확신에 찬 어조로 말했다.

"왜 여태껏 어린 시절에 관해서 얘기하지 않았던 거지?"

귀를 쫑긋 세우고 누군가의 입에서 말이 떨어지기만을 고대했지만,

누구도 입을 열지 않았다. 하는 수 없이 내가 대답했다.

"궁금하지 않았으니까. 서로가, 서로를 알려고 하지 않았으니까."

진은 진지한 눈빛으로 나를 뚫어지게 쳐다보았다. 괜스레 얼굴이 달아오르는 것 같아서 눈길을 돌렸다.

"이제, 이런 우울한 얘기는 그만하자."

태웅이 매듭을 지음으로 인해 우리를 둘러싼 미스터리도 막을 내렸다.

우리는 커다란 의혹 하나를 가슴 속에 품은 채 잠을 청했다.

나는 왜 어린 시절을 기억하지 못하는 것일까? 나이가 들수록 어린 시절의 기억을 하나씩 잃어가는 것일까? 자문해보았지만, 답을 구할 수는 없었다.

다음날부터 빗방울이 떨어지기 시작했다. 한두 방울씩 떨어지던 비는 곧 빗줄기로, 폭우로 뒤바뀌었다. 비행선 아래로 끝없이 펼쳐진 검은 숲이 꿈틀거리기 시작했다. 비에 젖은 풀과 나무들이 하얗게 변색하며 부피를 점점 키워갔다. 나무가 물을 머금은 솜처럼 부풀어 오르는 것이다. 우리는 1년 중 우기에만 볼 수 있는 기현상을 직접 보기 위해 기낭 위의 전망대로 올라갔다.

"얘들아! 저것 좀 봐!"

"세상에! 나무의 색이 변하는 게 아니었어."

외계 식물이 검은색으로 보인 까닭은 말라버린 껍질 때문이었다. 빗물을 빨아들인 나무는 마치 허물을 벗기라도 하듯이 검고 딱딱한 껍질이 떨어뜨리고 하얀 속살을 드러내고 있었다.

"우와! 장관인걸."

우리는 비에 젖는 것도 아랑곳없이 멀거니 아래를 바라보았다. 마치 땅이 요동치는 것만 같았다. 부풀어 오르다 가라앉고, 새로 뻗어 나오는 나뭇가지에 자리를 내주고 다시 비집고 들어오기도 하며 검은 숲은 점점 하얗게 부풀어 올랐다.

증기 비행선이 무언가에 부딪히며 긁히는 소리가 들렸다.

"어? 증기 비행선이 너무 내려왔어. 고도를 올려야 해!"

우리가 한눈을 팔고 있던 사이 증기 비행선이 하얀 숲 바로 아래에까지 내려와 있었다. 아니, 내려온 것이 아니라 증기 비행선이 운항 중인 고도까지 숲이 자란 것이다.

우리는 서둘러 조타실로 내려갔다. 나뭇가지는 조타실 유리 앞을 가로막고 있었다.

"젠장! 이러다 추락하겠어."

끼익음이 울리더니 심한 충격이 증기 비행선 내부에 전해졌고, 창밖으로 오른쪽 프로펠러의 파편이 공중에서 흩어지고 있는 모습이 보였다.

"오른쪽 프로펠러가 나무에 부딪혀 떨어져 나갔어."

애리가 소리쳤다.

"고도는?"

"계기판은 이상이 없어. 그런데 비행선의 고도가 자꾸만 낮아져."

태웅과 유현은 고도를 높이기 위해 키를 부여잡고 안간힘을 썼다.

"어떻게 해야 해?"

"무게를 줄여야 해! 불필요한 화물을 버려!"

외계 식물에 또 부딪혔는지 증기 비행선이 심하게 요동쳤다.

"우리에게 불필요한 화물이 어디 있니?"

"젠장! 그럼, 수조의 물이라도 버려!"

유현이 발끈하며 외쳤다.

나와 닉은 재빨리 달려가서 수조의 물을 반쯤 비웠다. 증기 비행선의 무게를 줄이려면 어쩔 수 없었다. 그러나 증기 비행선의 고도는 높아지는 것 같지 않았다.

"이상해. 물을 절반이나 버렸는데 왜 상승하지 않는 거지?"

문득 떠오른 생각이 있었다.

"닉! 뒤로 가보자."

나는 닉과 함께 선미로 달려갔다.

아니나 다를까. 증기 비행선의 선미가 부풀어 오르고 뒤틀린 나뭇가지에 걸려 있었다. 아마 수조의 물을 쏟아버린 탓일 것이다. 빌어먹을! 그리고 화물칸 안에는 상상만으로도 끔찍한 괴물이 있었다. 부풀어 오른 나뭇가지가 증기 비행선을 파손하면서 그 틈으로 들어온 게 분명했다.

"진짜 못생긴 녀석이네."

어느샌가 뒤따라온 진이 괴물을 보면서 중얼거렸다.

진의 말은 사실이었다. 머리와 몸통이 일체형이었고, 검고 가시 달린 다리는 좌우 4개씩 붙어 있었다. 애벌레처럼 꿈틀거리는 괴물은 어른 키만 했는데 '모의 전투'에서는 한 번도 본 적이 없는 종이였다.

도시 방벽으로 인한 인간과의 단절은 자연에 대재앙의 상흔을 치유하는 시간을 주었을 것이다. 대재앙 이후 생태환경에 대한 조사는 이루어지지 않은 것으로 알고 있다. 그러니 방벽 너머는 우리가 알지 못하는 갖가지 생명체로 이루어진 생태계가 만들어졌을 것이다.

"쟤 이름이 뭐지?"

닉이 물었다.

"너, 한가하게 이름 따위나 맞추고 있을래?"

진이 대꾸했다.

"저거 포악한 종이니?"

"그걸 내가 어떻게 알아? 궁금하면 직접 가서 물어보던지!"

또 진이 대답했다.

"그럴까?"

닉이 대답했다. 둘은 반죽이 아주 잘 맞았다.

"저걸 어떻게 하지?"

스마트소총이라도 가지고 있었다면 아무런 고민도 없이 방아쇠를 당겼겠지만 아쉽게도 쏘아버릴 수 있는 것이라고는 '공중 부양 신호기'밖에 없었다.

"공중 부양 신호기를 쏘아서 떨어뜨리면 돼."

나는 확신에 찬 어조로 말했다.

"그럼, 조난 신호가 발신될 텐데?"

"저 괴물 딱지를 여기서 날려 버리는 방법은 그것밖에 없어."

"알았어. 나한테 맡겨줘."

닉은 자신이 '공중 부양 신호기'를 쏘겠다고 나섰다. 저격수이기 때문에 표적을 맞히는 데에는 자신 있다는 것이었다. 끔찍한 괴물을 집중해서 노려보고 있어야 하는 게 달갑지 않을 터라 그러라고 했다.

닉은 정신을 집중하며 괴물을 노려보았다.

"꺼져라! 이 망할 괴물 딱지 놈아."

닉은 말을 마침과 동시에 '공중 부양 신호기'를 쏘았다.

그 순간, '공중 부양 신호기'가 선체에 부딪히며 폭발을 일으켰다. 젠장!

그 못생긴 괴물 딱지 녀석은 보이지도 않았다. 그래서 제대로 맞췄는지 맞히지 못했는지도 알 수 없었다. 한 가지 분명한 것은 파손된 구멍이 아주 넓어졌다는 것뿐이다.

"가인아! 진! 너희들 아무한테도 말하지 마!"

위태로운 상황에서도 녀석은 제 살 궁리하기만 바빴다.

파손된 선체 안으로 나뭇가지들이 비집고 들어오기 시작했다. 증기 비행선은 가망이 없었다. 그것은 곧 우리가 위협에 빠졌다는 것을 뜻했다.

덜컥 겁이 났다. 두려움이라는 감정에 익숙하다고 생각해 왔고, 죽음의 문턱에 이르러서도 의연함을 지닐 수 있을 것 같았는데 전혀 그렇지 않았다. 죽음의 공포가 뼛속 깊숙이 각인되어 있는데도 막상 죽을지도 모르는 상황이 되니 평정심을 유지하기가 어려웠다.

"너 때문에 우린 다 죽었어!"

나는 닉한테 모든 것을 다 떠넘기고 싶었다. 그래야 마음이 편할 것 같았는데 되돌아온 닉의 대답은 절망의 끝을 맛보게 했다.

"너 나한테 신세 진 거 잊지 마!"

"젠장! 그래, 너 참 잘났다!"

그런데 믿기지 않은 일이 벌어졌다.

기적을 믿는 것은 아니지만 우리에게 찾아온 것은 정말 기적이라고

밖에 말할 수 없는 일이다. 그 기적은 우리가 털끝 하나 다치지 않고 땅에 안착했다는 사실이다. 놀랍게도!

증기 비행선이 바다로 곤두박질치지 않은 이유는 망할 외계 식물 덕분이었다. 한없이 부풀어 오르는 외계 식물은 자신들이 오르기 위해 증기 비행선을 아래로 내려보낸 것이다.

"제기랄! 어떻게 된 거야? 어째서 비행선에서 폭발음이 들린 거지?"

땅에 안착하자 유현이 어안이 벙벙한 얼굴을 하고 물었다.

"아마, 닉이 제일 잘 알고 있을 거야!"

진이 비꼬는 투로 말했다.

아이들이 닉을 향해 따가운 눈총을 보냈다. 그러는 동안에도 땅은 여전히 요동치고, 주변은 시시각각 좁혀지고 있었다.

닉은 무엇을 보았는지 눈을 동그랗게 뜨며 소리를 질렀다.

"얘들아! 돌아보지 말고 뛰어!"

"왜? 뭐야?"

젠장!

우리는 아무런 이유도 모른 채 닉을 따라 달리기 시작했다. 어디로 가고 있는지도 모른 채 말이다.

닉의 달리기가 어찌나 빠른지 따라잡을 수가 없었다. 살 궁리를 하는 데는 도가 튼 녀석인 것 같았다.

숨이 차오를 때쯤 나는 뒤를 힐끔 돌아보았다. 그리고 그 녀석을 보았다. 그 빌어먹을 괴물 딱지 말이다. 그런데 이번에는 하나가 아니었다. 수십 마리, 아니 수백 마리가 하얀 숲을 뒤덮고 있었다. 이것이 진짜 여행의 묘미인가!

나는 미친 듯이 내달리기 시작했다.

우리는 쏟아지는 빗줄기를 뚫고 한참을 달렸다. 비는 주룩주룩 내렸지만 하얗게 변색한 외계 식물은 부풀어 오르지 않았다. 배를 채울 만큼 물을 마신 게 분명했다. 그리고 못난이 괴물 딱지 녀석들도 더는 따라오지 않았다.

"그만! 이제 더는 못 뛰겠어."

"그래. 이쯤에서 좀 쉬자."

우리는 가쁜 숨을 몰아쉬며 땅바닥에 널브러졌다.

나는 누워서 하늘을 올려다보았다. 하얀 숲은 하늘을 볼 수 있는 한 조각의 틈도 남겨두지 않았다. 공중항해를 할 때는 겁이 나서 새파란 하늘을 쳐다볼 엄두도 못 냈는데, 땅에 내려서자마자 새파란 하늘이 못 견디게 그리웠다. 먹구름이 잔뜩 끼어 있는 하늘이라도 좋으니 한 번만 볼 수 있으면……

"젠장! 계획이 다 틀어져 버렸어."

유현의 말을 듣자 갑자기 가슴이 갑갑해져 왔다.

"이제 어떻게 하지? 우리가 이곳에서 조난한 걸 아무도 모를 거야."

애리의 말은 갑갑한 마음을 절망으로 바꾸어 놓았다.

"누구 헤드셋 가지고 있는 사람 없어?"

아무도 대답하지 않았다. 앞뒤 생각할 겨를 없이 쫓기듯 도망쳐왔기 때문에 아무것도 가져오지 못한 것이다. 이럴 줄 알았으면 증기 비행선의 고도가 낮아질 때 수조의 물을 버릴 게 아니라 불필요한 짐을 죄다 버릴걸.

도대체 뭐가 잘못된 걸까? 나는 곰곰이 생각한 끝에 이러한 결과를 끌어낸 선택의 최종 분기점을 찾아냈다. 아쉬운 마음에 생각이 입 밖으로 튀어나왔다.

"공중 부양 신호기만 제대로 쐈으면 연방 교통관리 센터에서 구조 신호를 감지하고 순찰대를 보내 우리를 찾아 나섰을 텐데……."

"뭐라고? 지금 이게 내 탓이라는 거냐?"

별 생각 없이 한 말인데 닉이 발끈하고 나섰다.

"이 여행을 계획한 게 누군데 그래? 언제는 시도해 보지 않고 미리 걱정할 필요 없다며? 그래서 그 결과가 이거냐?"

"너 진짜!"

나는 닉을 한 대 후려치고 싶은 마음에 자리에서 벌떡 일어섰다.

닉과 내가 맞붙을 기세를 보이자 진이 제지하고 나섰다.

"그만들 해. 우리끼리 싸운다고 문제가 해결되지 않아."

"너도 봤잖아. 저 자식이 내 탓이라고 말하는 거. 난 녀석을 구한 생명의 은인이라고!"

"나는 네 탓이라고 말한 적 없어!"

나는 지지 않으려고 닉에게 응수했다.

빌어먹을! 우리가 싸우거나 서로에게 토라지는 이유는 아주 단순하다. 허탈할 정도로 시시하고 지극히 사소하며 매우 유치한 감정 때문이다. 물론 잘 알고 있지만, 아는 것과 실제 행동은 별개의 문제다. 나는 아직 어른이 아니다.

"예기치 못했던 상황에 부닥치는 일은 우리 모두 예상했던 일이잖아. 모든 걸 감수하고 진짜 여행을 한 거고. 우리에게는 대처할 수 있는 능력이 있어. 모의 전투를 통해서 얻은 경험 말이야."

절망적인 상황에서도 의연함을 보이는 진의 모습을 보자 나 자신이 옹졸하고 한심스럽게 느껴졌다.

"그래. 모두 진정하고. 일단 좀 쉬자. 쉬고 나면 뭔가 좋은 생각이 떠오를지도 몰라."

"그래, 그러는 게 좋을 것 같아."

태웅의 중재에 아미도 거들었다.

"닉. 네 탓을 하려고 한 건 아니었어. 아쉬워서 나도 모르게 그런 말이 나온 거야."

고깝지만 문제를 해결할 방법은 하나밖에 없다. 마음을 표현하는 일!

"알아. 내가 예민해졌나 봐."

"고맙다. 생명의 은인."

내 말에 배시시 웃음을 흘리는 닉을 보자 나도 모르게 웃음이 나왔다.

그 말이 어지간히도 듣고 싶었나 보다. 진작 얘기해 줄걸!

09 자유연합

    죽음의 문턱에서 겨우 빠져나온 우리에게는 허기를 채우고 지친 몸을 쉬게 할 곳이 절실했다.

    우리는 한참을 헤맨 끝에 비를 피를 피할 수 있는 작은 굴을 발견했다. 옹기종기 모여앉아 두려움을 떨쳐내려 애썼지만, 미지에서 오는 두려움은 좀처럼 가시지 않았다. 춥고 배가 고팠지만, 음식도 없었고 불을 피울 수도 없었다.

    "잠들면 안 돼."

    추위와 허기는 우리를 졸음으로 내몰았다. 교대로 경계를 서기로 했지만 지킬 수 있으리라고는 애초부터 생각하지 않았다.

    깜빡 잠들었다가 눈을 떠보니 낯선 사람들이 우리를 빙 둘러싸고 있었다. 그들이 누군지 직감적으로 알아차렸다. '모의 전투'에서 우리가 때려잡는 몹의 모델이었으니까.

    '자유연합'의 테러리스트. 허상으로 여겨왔던 존재의 실체를 만나자 현실이란 단지 인지하고 있다는 믿음에 불과할 뿐인지도 모른다는 생각이 들었다.

상상과 현실은 너무나 달랐다. 진짜와 가짜 경험의 차이는 없다고 단언했지만, 그것은 오판이었다. 우리는 아무런 힘이 없었다. 우리는 저항 한 번 제대로 해보지 못하고 '자유연합'의 포로가 되고 만 것이다.

'이드' 없는 우리는 그냥 어린아이에 불과하다. 자신을 방어하기 위해 우리가 할 수 있는 일은 긴장은 감추고, 적개심을 최대한 드러내는 것뿐이었다.

"긴장하지 마라, 얘들아. 해칠 생각은 없으니까. 너희가 이드는 아니잖니."

대장으로 보이는 남자는 온화한 미소를 지으며 말했다. 하지만 말속에는 뼈가 있었다. 만약, 우리가 군인이었거나 '이드'였다면 생각이 달랐을 거라는 것을 암시하고 있었으니까.

"어디로 가는 길이었지?"

나는 진짜 바다를 보러 가던 중에 조난했다고 말했다. 모름지기 어른에게는 늘 솔직해야 하는 법이다. 특히, 생명에 위협이 될지도 모르는 낯선 어른에게는······.

"보아하니 누군가와 같이 온 것 같지는 않고, 이런 위험천만한 곳에 무기도 없이 아이들끼리 오다니. 용기가 있는 거냐? 아니면 무모한 거냐?"

남자는 비아냥대며 물었다.

"용기도, 무모함도 아니에요. 단지 운이 없었던 것뿐이에요."

진이 대답했다.

"정말 그럴까? 대다수 사람은 자신의 선택이 삶의 방향을 결정짓는다고 생각하지."

남자는 우리를 찬찬히 살펴보더니 말을 이었다.

"정작 자신이 누군가에 의해 선택될 수 있다고는 생각하지 않아."

"우리가 이곳에 온 게 우리의 자의적인 선택이 아니라는 건가요?"

"그렇게 생각할 수도 있다는 거지. 우리가 이렇게 만난 것을 보면 말이야. 이 상황을 어떻게 설명해야 할까? 우연일까?"

"미안하지만 난 운명론자가 아니거든요."

진이 쏘아붙였다.

어떤 연유로 운명이 결정지어졌는지는 알 수 없다. 증기 비행선이 조난하고, 못생긴 괴물을 만나 쫓기고, '자유연합'의 테러리스트들과 맞닥뜨린 현재 상황은 여행계획에 한 번도 고려해 넣지 않은 변수였다. 차라리 우연이었기를 바라는 것이 더 설득력이 있어 보였다.

"여기 있는 것은 위험하니 일단 자리를 피하도록 하자."

남자가 눈짓해 보이자 군인이 둘씩 짝지어 우리의 양팔을 붙잡았다.

"이거 놔! 이거 놓지 못해?"

애리가 몸서리치며 말했다.

"내 몸에 손대지 마."

아미는 주저앉더니 머리를 부여잡고 비명을 질렀다.

유현은 눈을 부릅뜨며 저항했고 닉은 시선을 아래로 떨어뜨린 채로 중얼거렸다.

"제기랄! 따라갈 테니까 붙잡지 말아요."

나는 좀 더 멋지게 저항해 보려 했지만, 딱히 생각나는 말이 없었다. 그래서 물었다.

"우리를 어디로 데려가는 거죠?"

"자유연합의 은신처로 갈 거다. 가서 우리의 지도자를 만날 거야."

우리는 병사들에게 이끌려 하얀 숲 어딘가에 있을 그들의 본거지로 끌려갔다.

'자유연합'의 은신처로 들어선 순간, 어째서 그들이 '지구연방'에 발각되지 않을 수 있었는지 알 수 있었다. 그들의 은신처는 하얀 숲 안에 있었지만 다른 식물군에 둘러싸여 있었다. 다른 식물이 부피가 커지는 외계 식물을 막아주는 보호막 역할을 해준 것이다. 그 위로 하얀 숲이 뒤덮고 있으니 찾지 못하는 게 당연했다.

'자유연합'의 은신처는 돔 형태의 집이 50여 채로 이루어진 소규모의 마을이었다. 마을에 들어서서 제일 먼저 맞닥뜨린 것은 군사 훈련을 하는 테러리스트가 아니라 광장에 모여 놀고 있는 어린아이들과 애완동물이었다.

세상에! 상상도 할 수 없는 일이 이곳에서 벌어지고 있었다.

"어머! 꼼지락거리는 것 좀 봐. 만져 보고 싶어."

진은 반색하며 말했다.

"저런 게 진짜 있다니, 너무 끔찍해."

애리는 정색했다.

"아마, 복제품일 거야."

"반정부 주의자들답게 불법을 자행하고 있군."

태웅과 유현도 한마디씩 거들었다.

애완동물을 키우는 일은 비상식적인 일이다. 그래서 도시에는 애완동물이 존재하지 않는다. 텔레프레전스 커뮤니티의 동물원에 접속하면 애완동물뿐 아니라 멸종된 동물들까지 만나 볼 수 있다. 그런데 왜 애완동물이 필요하겠는가!

애완동물을 키우는 일이 불법인 이유를 100가지도 넘게 들 수 있다. 그중에서 가장 안 좋은 점을 딱 하나만 고르라고 한다면, 사람들의 정서에 나쁜 영향을 미친다는 것을 꼽을 수 있다.

이야기를 나누며 삼삼오오 모여 있는 사람들은 우리를 힐끔힐끔 쳐다볼 뿐 관심을 보이지는 않았다. 각자가 하던 일에 골몰해 있는 사람들을 보자 느낌이 이상했다. '모의 전투'에 나오는 '자유연합'은 극악무도한 테러리스트들이자 아무런 감정이 없는 몬스터에 불과했다. 그런데 그들의 실체는 달랐다. 그들도 우리처럼 똑같은 사람이었다. 믿고 있던 것과 보이는 것의 상반된 개념은 나를 혼란스럽게 했다.

"유령이야."

한 아이가 소리쳤다. 그러자 다른 아이가 대답했다.

"아니야. 불쌍한 영혼들이야."

"쉿! 저 아이들은 아픈 것뿐이야."

아이들을 타이르는 어른의 목소리도 들렸다.

우리를 바라보는 아이들의 시선이 형언할 수 없는 감정을 담은 눈빛으로 뒤바뀌었다.

유령은 뭐고, 불쌍한 영혼은 대체 뭐란 말인가? 아픈 것은 또 뭐고?

"우리를 죽일 건가요?"

"아니. 우리는 살인자가 아니야. 아이들이 너희를 부를 때 쓰는 은어니까 심각하게 생각할 거 없어.

닉이 중얼거리며 묻자 대장이 대꾸했다.

"그럼, 아프다는 건 또 뭐예요?"

"우리는 너희가 피터 팬 증후군이란 불치병에 걸렸다고 생각한다. 그 뿐이야."

피터 팬 증후군? 불치병? 난 피터 팬이 누군지도, 그가 걸린 병이 무엇인지도 모른다. 외계 종족이 퍼트린 바이러스만 아니라면 좋으련 만.

대장은 곧 '자유연합'의 지도자에게 우리를 안내했다. 그렇게 늙은 사람을 한 번도 본 적이 없었기 때문에 무척 생경한 느낌이 들었다. 얼굴에 깊게 팬 주름은 계곡 같았고, 거친 피부는 하얀 숲에서 떨어져 나온 검은 껍질 같았다. 아마도 피부재생을 단 한 번도 시술하지 않은 듯했다.

"이곳에 온 소감이 어떠냐?"

"적의 본거지 한가운데 왔다는 게 그리 달갑지는 않아요."

그와 우리는 무심코 던지는 말과 무심결에 되받아치는 말로 서로에 대한 탐색을 이어갔다.

"두려운 게냐? 우리가 아이들을 적으로 생각할 정도로 잔인하고 비인간적으로 보이는 거니?"

그는 우리를 한 명씩 찬찬히 훑어보며 물었다.

"우리는 적이잖아요. 당신들은 분쟁을 일으켜서 지구연방을 위협하고 있어요."

"허허. 너와 나의 모습이 다르냐?"

노인의 말에 우리는 아무런 말도 하지 못했다. 우리는 다르지 않았으니까.

"우리에게는 이드도 강력한 군대도 없어. 우리는 지구연방의 위협을 피해 숨어서 지내는 사람들이란다."

"어쨌든 당신들은 인류에게 등을 돌린 배신자들이에요."

유현이 격앙된 목소리로 말했다.

"아니, 우리는 생각이 다른 사람들일 뿐이야. 생각이 다르면 모두 다 적인가?"

다름에 대한 두려움과 경계심은 인간에게 내재 된 고유한 속성인지도 모른다. 다름에 대한 배타성, 오만함, 이기심, 대상 없는 증오, 경박함, 분노, 복수심, 끝없는 욕망……. 자유의지라는 가면을 쓴 인간의 속성 말이다.

"지구연방은 생각이 다르다는 이유로 우리를 두려워해. 그야말로 맹목적인 두려움이지. 그들이 한 짓을 봐라. 인간의 유전자를 보호한다는 핑계로 다른 종을 몰살시키려고 재앙을 일으켰지. 단지 다르다는 이유 때문이었어."

그의 말은 나를 당혹스럽게 했다.

나는 경악스러운 표정을 짓고 있는 아이들의 얼굴을 보았다. 모두 충격에 빠진 게 틀림없었다.

"세상에! 말도 안 돼."

"그런 말은 처음 들어봐요."

"대재앙을 일으킨 것은 인류가 아니에요. 지구를 침략한 외계 종족이지."

"그렇게 믿는 게 위안이 될 게다."

그의 어감은 단호했고 목소리는 차분했지만, 이상하게도 미세한 떨림이 느껴졌다.

"우리가 역사적인 사실을 모를 정도로 어수룩해 보이는 건가요?"

그가 왜 그런 말도 안 되는 소리를 하는지, 의도가 무엇인지 도무지 알 수가 없었다.

"너희가 어수룩해서가 아니야. 지구연방에 경험의 공유는 있을지라도 정보의 공유는 없지. 왜인 줄 아느냐? 정보만 통제하면 그들의 통치권이 심각하게 도전받을 일도 없기 때문이다. 인류를 감독하고 지구연방의 목적을 실현할 사회적 시스템을 만들기 위한 그들의 전략이지."

"우리를 어린애 취급하는군요. 텔레프레전스 커뮤니티에는 온갖 정보가 넘쳐나고 있어요. 우리가 그런 것을 모를 리가 없다고요."

"올바른 정보는 없고 오직 루머만 있을 뿐이야. 권력을 유지하기 위해서 문화의 생산과 분배를 이념적으로 통제하는 거지."

"젠장! 거짓말이야!"

나는 화가 머리끝까지 치밀어 올랐다.

"머리가 어떻게 된 거 아니에요? 정부가 자유의지를 가진 개인을 통제한다는 게 말이 돼요?"

"물론이지. 집단의 동의만 얻으면 가능하다. 너희 부모가 한 일이 바로 그거란다. 정부는 너희 부모의 동의를 통해 특수목적 고등학교라는 조직적이고 구체적인 방식으로 인류에 대한 지배력을 행사하고 있어."

그의 말은 또다시 나를 혼란에 빠뜨렸다. 엄마와 아빠가 나눴던 대화가 생각났기 때문이다. 아빠는 엄마를 위로하며 정부에서 하는 일에 동의했다고 말했다.

"우리 부모님이 대체 뭘 어쨌다는 거죠?"

그는 잠시 뜸을 들인 뒤 결심한 듯 말을 이었다.

"가족을 잃은 슬픔을 보상받고 싶어 하는 개인적인 욕망 때문이었지."

가족을 잃은 슬픔을 보상받는다고? 정부가 우리 부모에게 무엇을 해주었다는 거지? 대체 정부와 우리 부모 사이에 어떤 거래가 있었던 거지?

"그로 인해 정부는 교육과 정보를 통제할 수 있었던 거야. 지구연방이라는 단 하나의 조직이 인류를 상대로 도덕적·지적 지도력을 행사하게 된 거지. 역사상 그런 일은 단 한 번도 없었다. 그것이 너희가 사는 지구연방의 실체란다."

가슴이 터질 것만 같았다. 머리로는 알 것 같았지만 가슴으로는 이해되지 않았기 때문이다.

"왜요? 왜 우리에게 그런 말을 하는 거예요?"

"너희에게는 자기 삶을 선택할 권리가 있어. 그리고 선택에는 책임이 뒤따르게 되지. 그걸 알려주고 싶었다."

선택과 책임. 일탈을 꿈꾸며 선택한 진짜 여행과 원했든 원치 않았든 '자유연합'을 만나게 된 현재의 결과. 우리는 어떤 식으로든 이 결과에 책임을 져야만 한다. 그 책임이 정학을 맞고 관심 대상 목록에 오르거나 낙제하는 일이라면 오히려 다행인지도 모른다. 이곳에서 볼모로 잡혀 있게 되는 것은 상상하기도 싫을 정도로 끔찍한 일이니까.

"당신 말을 어떻게 믿죠? 무슨 근거로요?"

"우리는 지구연방의 정치체제에 반대하는 사람들이니까. 그래서 우리는 책을 읽고, 역사를 배우고, 올바른 지식을 갖기 위해 정보를 공유하지."

책? 책!

우리는 서로를 쳐다보며 고개를 갸우뚱거렸다.

"아! 너희들은 책을 본 적이 없겠지? 읽어보겠니?"

지도자는 주머니에서 손을 넣었다가 빼내며 무언가를 내밀었다. 꽉 움켜쥔 주먹을 펼쳤는데, 그 안에는 조그만 스마트 칩이 하나 있었다. 전투 교본과 다를 게 하나도 없었다.

"이게 책이라고요? 전투 교본과 뭐가 다르죠?"

"책이란 지식을 담은 그릇일 뿐이야. 중요한 것은 그 안에 담긴 정보와 이야기지."

그는 칩을 높이 들어 올리며 말을 이었다.

"우리의 시청 감각은 정보를 인식하는 안테나 같은 거란다. 눈으로 보고 귀로 들으며 오감으로 인식하지. 그 정보는 머릿속으로, 다시 가슴으로 전달되고 입으로 말을 함으로써 표현이 된단다. 단순해 보이지만 그 과정은 꽤 오랜 시간이 걸리는 일이야. 그렇게 오랜 숙성과정을 거친 생각이 글로써 구체화할 때 곧 책이 되는 거야. 모든 프로세스는 다 똑같아. 텔레프레전스에서 전기신호가 전달되는 방식도 마찬가지란다. 단지 시간이 짧을 뿐이지."

"그럼, 여기에 진실이 들어있다는 건가요?"

칩을 건네받은 진이 물었다.

"그렇다고 말할 수는 없을 것 같구나. 그러나 네가 원하는 답을 찾을 수는 있을 거다."

우리는 전투 교본 외에 그 어떤 책도 본 적도 없다. 물론, 집에서도 마찬가지다. '지구연방'의 모든 도시에는 노인이 말한 책이라고 부를만한 것이 존재하지 않는다. 그게 정부의 제안이고, 우리의 부모 세대가 동의한 일이라면 도시에 책이 존재하지 않는 일이 가능할지도 모르겠다.

"도대체 책이라는 걸 왜 읽죠? 이 안에는 도대체 뭐가 담겨 있는 거예요?"

"이야기지. 인간에 관한 이야기. 삶에 관한 이야기."

이야기를 원한다고? 그럼, 텔레프레전스 커뮤니티에 접속하면 된다.

재미를 원한다고? 그것도 텔레프레전스 커뮤니티에 접속하면 된다.

놀이? 정보? 경험? 쾌락? 원하는 것은 모두 텔레프레전스 커뮤니티에 존재한다. 무엇을 원하건 최단 시간 동안 실시간으로 경험하고 공유할 수 있다. 그런데 전투 교본처럼 따분한 텍스트를 읽는 데다 시간을 허비하라고?

"책을 읽으면 생각이 자라지. 그래서 그들은 책을 위험하다고 생각한단다."

빌어먹을! 어리다고 우리를 얕잡아보는 게 분명했다.

"책이 위험하다고요? 정부가 우리에게 책을 못 읽게 하는 이유가 위험해서라고요?"

도무지 믿기지 않아서 되물었다.

"너희의 생각이 자라지 않게 하기 위해서야. 생각이란 정보의 옳고 그름을 머릿속에서 가려낼 줄 아는 거야. 다른 사람을 판단할 수 있는 정보, 사회문제에 접근할 수 있는 정보."

그는 미끼를 던지듯이 반박을 할 수 없을 만큼만의 논점을 던졌다.

그래서 주도권을 잃지 않고 자신의 의견을 피력해 나갈 수 있었다.

"옳고 그름을 판단하는 분별력이 생기면 정의에 대해 고민하게 되지. 인류학, 철학, 역사 등 인문학을 읽으면 모든 사회문제에 접근하게 되고, 자연스레 비판의식을 갖게 되어 부조리하고 불합리한 행위에 반발하게 되는 거야. 체제를 유지하는 데 불안 요인이 될 수 있어서 미리 싹을 자르는 거란다."

"모르겠어요. 이해가 안 돼요. 왜 우리 같은 아이들을 통제하려는 건지."

"너희들에게는 무익하기 때문이야. 책은 너희들의 삶을 송두리째 바꿔놓을 수 있으니까. 너희들이 윤리의식을 갖게 되면 병기로 아무짝에도 쓸모없는 존재가 되고 마니까."

"병기라니요? 자의적으로 해석하고 판단하지 말아요."

"맞아요. 우리는 병기가 아니에요. 어떻게 우리에 대해 그렇게 잘 아는 것처럼 말하죠?"

"어떻게 잘 아느냐고? 나 역시 정부의 제안에 동의를 한 사람 중 하나니까."

그의 말은 새로운 충격으로 다가왔다.

"너희들은 빈껍데기야. 스스로가 결정할 수 있는 게 아무것도 없어. 그저 누군가가 정해 놓은 길로만 달려가는 거야. 도태될까 봐 두려움에 떨며 말이지."

"함부로 말하지 말아요. 우리는 스스로 선택한 일을 하는 거예요."

대답하는 진의 목소리는 가늘게 떨리고 있었다.

"너희가 선택한 일이 뭔지도 모르잖아?"

"나는 내가 무엇을 하는지 잘 알고, 내가 소중하게 생각하는 것을 위해서 싸워요."

진이 대답했다.

"너희 같은 꼬맹이들이 전쟁을 선택했다는 말이냐? 그런 거냐?"

그는 사나운 표정을 지으며 윽박지르듯이 말했다.

"우리는 단 한 번도 당신들과 싸운 적이 없어요."

진을 뚫어지게 바라보던 노인의 눈시울이 갑자기 붉어졌다.

"나는 아이들을 피비린내 나는 전쟁터로 몰아넣을 줄은 몰랐단다. 그렇게 되도록 방관해서 미안하구나. 관심 있으면 읽어보아라."

그는 떨리는 목소리로 말을 마쳤다.

나는 그의 말과 태도가 도무지 이해되지 않았다.

우리가 병기라고? 책이 존재하지 않는 게 우리를 통제하기 위한 수단이라고? 대재앙을 일으킨 게 인류고, 외계 종족을 몰아내기 위해서라고?

논리적으로 말도 안 되는 얘기다. 문제만 던졌을 뿐 속 시원히 답을 준 것도 아니니 그의 말을 곧이곧대로 믿을 이유가 없다. 어쩌면 우리를 혼란스럽게 해서 '자유연합'에 동조시키려는 심리 전술인지도 모른다.

"너무 심각하게 생각하지 마라. 누구나 생각이 다를 수 있는 법이니까."

대장은 팔짱을 낀 채로 우리를 기다리고 있었다. 우리의 대화를 엿들은 게 분명했다.

알 수 없는 말로 우리를 현혹하려는 노인과 대화하고 나니 대장의 투박한 말투가 오히려 진솔한 느낌이 들었다.

"이제 어떻게 할 거죠?"

"우기가 끝난 뒤, 길이 열리면 돌려보내 줄 거다."

"돌려보내 준다고요? 그게 언제쯤이에요?"

나는 내 귀를 의심하며 물었다.

"아마, 한 달 정도 뒤가 될 것 같구나."

대장이 말을 이었다.

"당분간 이곳에서 생활하면서 우리의 삶에 대해 알아보는 게 어떻겠니? 그러면 오해가 좀 풀릴 거다."

그것은 제안이 아니었다. 달리 선택할 수 있는 대안이 있는 것도 아니니까.

그는 우리가 묵을 곳으로 안내했다. 외부는 허름했지만, 집 안에는 가구나 생활에 꼭 필요한 기구들이 잘 갖춰져 있었다. 만족스럽지 않았지만, 어차피 우리가 살던 도시와 비교하는 것 자체가 무의미한 일이다. 어찌 되었든 우리는 포로이거나 볼모이기 때문이다.

우리는 새로운 사실, 아니 어쩌면 다른 시각에서 본 진실에 대해 일절 함구했다. 그것이 진실이라고 확신할 만한 아무런 증거가 없었기 때문이다. 혼란스럽기는 했지만 무엇을 믿고 말지는 각자가 알아서 결정할 사안이다. 우리는 각자가 어떤 생각을 하고 있는지 말을 하지 않았다.

인간은 신념에 자신의 욕망을 투영한다. 그래서 진실을 자신의 구미에 맞게 재생산하고 곧이곧대로 믿어버린다. 신념이 얼마나 빈약한 망상에 근거한 것인지 알게 된다면, 자신의 믿음 따위는 쉽게 드러내지 못할 것이다.

나 역시 섣불리 내 생각을 드러내지 않았다. 은연중에 테러리스트의 정치 성향에 동조하는 경향이 나타날까 두려웠기 때문이다.

"우리는 앞으로 어떻게 될까? 그들이 순순히 돌려보내 줄까?"

"순진하긴, 넌 저놈들의 말을 믿는 거야? 우리를 안심하게 하려는 수작일 뿐이야."

애리의 물음에 유현이 대꾸했다.

"저놈들은 배신을 밥 먹듯이 하는 놈들이야. 언제 돌변할지 모른다고."

"젠장! 인제 어쩌지?"

"여길 빠져나가야지."

"탈출한다고? 아무도 우리를 위협하지 않잖아. 게다가 이곳이 어디인지도 모르고, 돌아가는 길도 모르잖아."

나는 유현의 생각이 합리적이라고 생각하지 않았다.

"그런다고 여기 앉아서 저들의 결정이 떨어지기만을 기다릴 수만은 없어."

우리의 의견은 탈출하자는 쪽과 믿고 기다려보자는 쪽으로 나뉘었다. 단지 의견이 나뉘었다는 것이다. 편을 가르거나 서로의 생각을 관철하기 위해 자신의 주장을 내세우지 않았다. 그들이 바라는 게 우리의 분열일지도 모르는 일이니까. 그리고 무엇보다도 '지구연방'과 '자유연합'처럼 되고 싶지 않았다. 우리는 의견을 종합해서 탈출할 수 있을지는 시간을 두고 좀 더 지켜보자는 쪽으로 마무리했다. 그사이 탈출계획을 구체적으로 세우기로 하고 말이다.

10 진짜 바다

그들은 우리에게 무관심했다.

우리를 적대시하거나 감시하지도 않았고 무엇을 하든지 내버려 두었다. 어차피 빠져나갈 방법이 있는 것도 아니니 괜히 수고를 들일 필요가 없는 것이다.

우리는 하릴없이 시간을 흘려보냈다. 낯설고 불편하고, 편리함이라고는 없는 일상이었지만 시간이 지나자 그럭저럭 적응해 나갈 수 있었다. 권태만큼 익숙해지기 쉬운 건 없는지도 모른다. 시간은 많고 할 일은 없자 경쟁에서 오는 긴장이나 부담, 압박감도 자취를 감췄다. 나는 도시에서는 한 번도 가져보지 못했던 평온을 이곳 '자유연합'에서 느꼈다.

우리는 서로에게 관여하지 않고 철저히 개인적인 시간을 보내며 자신의 관심사에만 집중했다. 태웅과 유현은 탈출계획을 세우느라 숙소에서 좀처럼 나오지 않았고, 애리와 아미는 대부분 시간을 아이들과 함께 보냈다.

닉은 대장을 따라 이곳저곳을 싸돌아다니다가 새로운 것을 발견하기라도 하면 흥분된 얼굴을 하고 나를 찾아와 너스레를 떨었다.

"여기에서는 외계 식물의 수액을 식수로 사용한대."

닉은 가까이 있던 하얀 나무에 칼집을 냈다. 하얀 나무에 난 상처에서 물이 쏟아지며 회색으로 변해갔다.

"어떠냐? 신기하지?"

그렇다고 대답해 주었더니 닉은 신이 났는지 눈을 반짝이며 말을 이었다.

"참! 그 녀석 이름이 뭔지 알아냈어. '고기(gogi)'야."

"누구?"

"그 못생긴 괴물 딱지 녀석 말이야."

세상에! 이름이 '고기'라고? 참나, 생긴 것만큼이나 어울리지 않는 이름이다.

"넌 참 별난 녀석이다. 그깟 괴물 딱지 녀석의 이름 따위가 왜 궁금하냐?"

"아무렴. 우리의 일용할 양식인데 이름쯤은 알아야 돼야 하는 게 예의 아닐까? 고기에 대한 도리로 말이야. 생긴 것은 혐오스럽지만 맛은 꽤 좋잖아."

닉의 대답에 경기가 일어날 것 같았다.

"뭐? 그걸 먹는다고?"

"아! 아무도 말 안 해줬나? 오늘 아침에도 우리 그거 먹었어."

닉은 천연덕스럽게 말했다.

"제기랄! 널 죽여 버릴 거야!"

"너, 나한테 신세 졌다는 걸 그새 잊은 거냐? 아니지?"

내가 버럭 소리를 지르자 닉이 눈을 가늘게 뜨고 의미심장한 눈빛을 보냈다. 젠장!

"진. 뭐 하고 있어? 아, 책 읽고 있구나?"

내 생각에 골몰해 있던 나는 진이 무엇을 하고 있는지 미처 알아차리지 못했다.

진은 광장 한구석에 앉아서 노인에게 건네받은 스마트 칩, 책을 읽고 있었다. 애완동물을 옆에 끼고 말이다.

"재미있니?"

"뭐, 그냥저냥. 이야기가 참 마음에 와닿는 것 같아. 넌 어떻게 지내?"

"나도 뭐, 그냥저냥."

상대의 말을 똑같이 따라 하는 것은 대화의 유희 중 하나이자 친밀해지는 방법이기도 하다. 가벼운 미소를 머금고 마는 진에게서 해맑게 웃는 모습이 보고 싶었다. 그래서 내가 알고 있는 세상에서 제일 황당한 얘기를 해보기로 마음먹었다.

"아참! 너 그거 아니?"

"뭐?"

"그 못생긴 괴물 딱지 녀석의 이름 말이야……."

내 이야기가 흥미로웠는지 진의 미소가 한층 더 밝아졌다. 그렇지만 나는 이야기를 끝내지 못했다.

"고기 말이니? 닉이 얘기해 줬구나?"

제기랄! 닉을 죽여 버리고 싶었다. 아무도 모르게 죽일 방법만 알 수 있다면 좋으련만…….

"나, 고기 좋아해."

진이 말했다. 식성에 맞을 줄 알았다.

"그리고 이 녀석들도 참 좋아. 도대체 애완동물이 왜 나쁘다는 건지 모르겠어."

진은 무릎 위에 올라앉은 고양이를 쓰다듬으며 물었다.

"너도 만져 볼래?"

진이 내 손을 덥석 잡았다.

"아!"

진의 손은 참 따뜻했다.

진이 내 손을 잡고 고양이에게로 가져가더니 등줄기를 쓰다듬게 했는데, 손바닥 아래에서 꼬물거리는 게 그다지 좋은 느낌은 아니었다. 문득 내가 너무 세게 잡거나 잘못해서 진짜 고양이를 죽일지도 모른다는 생각이 들었다. 그런 생각이 들자 소름이 돋고 꺼림칙했지만, 바보 같은 모습을 보여주고 싶지는 않았다.

"아! 고기보다 귀엽네. 뭐, 맛은 어떨지 잘 모르겠지만…….."

내 말에 진이 웃었다.

애완동물도 먹을 수 있는지, 먹을 수 없는지 잘 모르겠다. 그래도 먹을 수 있다면 '고기'보다는 맛이 없을 거라는 생각이 들었다. 세상은 공평하지 않기 때문에 누군가는 균형을 잡아야 하는 법이니까. 귀여운 것이 맛도 좋으면 혐오스러운 것에게는 너무나 미안한 일이다.

"그런데 얘들 이름이 뭐야?"

"글쎄. 이름은 아직 안 지어줬는데, 너 특별히 생각나는 거 있니?"

"음. '그냥이', '저냥이'. 어때?"

진이 미간을 찌푸리며 해맑게 웃었다.

"알았어. 앞으로 그렇게 부를게."

진이 무척 맘에 들어 하는 것 같아서 기분 좋았다. 그런데 왜 얼굴이 화끈거리는 걸까?

"참! 다른 애들은 뭐 하고 지내?"

진의 물음에 빨갛게 달아오른 얼굴을 쓸어내며 대답했다.

"애리와 아미는 아이들과 아주 친해진 것 같아. 너도 아이들과 같이 어울려 보지 그래?"

"난 애들이 싫어."

진의 대답은 단호했다.

"아! 왜? 그렇지 않을 것 같은데?"

나는 대답을 기다렸지만, 진은 말하고 싶어 하지 않는 것 같았다.

문득 떠오르는 생각이 있었다. 재시험으로 치른 '모의 전투'에서 들렸던 아이의 울음소리 말이다. 그건 도대체 뭐였을까? 나는 아직도 그 울음소리의 정체를 모른다.

"또, 다른 애들은?"

"태웅과 유현은 거처에서 나오지 않고 탈출계획을 세우고 있어. 닉은 집으로 돌아갈 날만을 손꼽아 기다리고 있고. 다들 이곳 생활에 잘 적응해 나가고 있는 것 같아."

"그렇구나."

책 읽기에 푹 빠져버린 진은 아이들에게 별 관심이 없어 보였다.

"우리 곧 떠나게 될 것 같아. 우기가 끝나가고 있대."

최근 들어 하얀 숲 가지 사이로 듬성듬성 작은 하늘이 보였다.

"앞으로 내 하늘은 예전과 같지 않을 거야."

진이 작은 하늘을 바라보며 말했다.

"무슨 말이야?"

"이곳에서 바라보는 하늘이 참 아쉬워서……."

대답하는 진의 말투와 표정이 무척 쓸쓸했다. 그런데 진의 그런 표현이 듣기 좋았다. 책을 읽어서일까?

나는 별다른 감흥이 없었다. 이곳을 떠난다고 해도 다시 그리워할 리가 없을 테니 말이다.

"참! 너 나한테 거짓말했어."

진이 툭 내던진 말이었다.

괜스레 속이 뜨끔했다. 무슨 얘기를 꺼낼지 짐작도 할 수 없었다. 그렇지만 뭔가 큰 잘못을 저지른 것만 같았다.

"네가 재시험 때 무슨 얘기를 하려고 했던 건지 알 것 같아."

젠장! 아직도 기억하고 있는 거냐?

어떻게 해야 좋을지 몰라서 안절부절못하고 있는데 진이 입을 열었다.

"솔직해지자 우리. 사실은 너도 몹이 말하는 것을 들은 거지?"

"아!"

나는 뭐라고 딱히 할 말을 찾지 못하고 고개만 주억거렸다. 내가 하려고 했던 얘기는 아니었지만, 진의 짐작도 틀림없는 사실이었다.

"믿을 수가 없었어. 그래서 인정하고 싶지 않았던 것뿐이야."

쥐구멍이라도 찾고 싶은 심정이었다.

"알았어. 용서해 줄게. 그런데 가끔 욱하고 올라와."

"젠장!"

진과 함께 있으면 내가 한없이 작아지는 것을 느낀다. 왜 그런지 알 수 없다. 나도 어쩔 수 없는 것이다.

이곳에 머문 지 5주가 지나갈 무렵 대장이 우리를 불러놓고 말했다.

"너희들이 손꼽아 기다려온 때가 온 것 같구나."

우리는 의심의 눈초리를 거두지 않았다.

돌려보내 준다는 대장의 말에 기쁘기는커녕 오히려 불안이 엄습했다. 말은 그렇게 했지만, 쥐도 새도 모르는 장소에 갖다 버릴지도 모르는 일 아닌가! 우리를 미아로 만들어 버릴지도 모르는 일이다. 이미 개학해서 2학기가 시작되었을 것이다. 그사이 부모님은 우리를 애타게 찾았을 터였다. '지구연방' 도시 관리국 경찰이나 '연방 교통관리 센터'의 순찰대, 혹은 학교에서 우리를 찾아 나섰겠지만 모두 허탕을 치고 돌아갔을 것이다. 그러나 그것도 짐작일 뿐이다. 우리는 아무것도 알 수 없었다. 정보는 철저히 통제되어 있었으니까.

솔직히 부모님이 나를 걱정하느라 밤을 지새웠으리라고는 생각하지 않는다. 온종일 나에게 관심을 둘만큼 한가하지 않을 테니까. 부모님의 걱정이 부담스럽게 느껴지는 건 아마도 어른이 되어가고 있다는 증거일 것이다. 나는 어른에게는 자기만의 세계와 비밀의 방이 하나씩 있다고 믿는다. 그래서 나에게도 나만이 간직할 수 있는 비밀이 생기기를 고대해 왔다. 그리고 이곳에서 나만이 간직할 수 있는 비밀을 얻었다.

"우리를 어떻게 돌려보내 줄 거죠?"

태웅의 물음에 대장이 대답했다.

"민간수송선이 약속 장소로 올 거야. 약속 장소까지는 만 하루를 걸어야 할 거다. 이곳 사람들과의 송별회는 없을 거고. 올 때처럼 조용히 나가는 거야. 더 할 말 있냐?"

닉과 애리 그리고 아미는 못내 서운한 표정을 지었다. 아이들과 정을 많이 쌓은 모양이었다.

"바다에 데려다줘요."

갑자기 진이 말했다.

"안 돼. 거긴 약속 장소와 방향이 달라."

"그럼, 장소를 바꿔요."

"인제 와서 장소를 변경할 수 없어."

"바다를 보고 싶어요."

진은 끈질기게 졸랐다.

"진짜 바다를 보고 싶다고요."

진을 사납게 쏘아보던 대장의 눈빛이 한순간 체념 섞인 눈빛으로 변했다.

"젠장! 계집아이들이란……. 그래. 좋아. 바다에 데려다주마."

대장은 고개를 절레절레 흔들며 두 손을 번쩍 들었다. 진의 고집이 테러리스트를 꺾은 것이다.

"다 널 위해서야."

대장이 자리를 뜨자 진이 귀엣말로 나에게 속삭였다.

'나를 위해서?'

가슴이 쿵쾅거리며 고동치기 시작했다. 두근거림이 어찌나 큰지 누군가 내 심장 박동 소리를 듣기라도 할까 봐 조마조마했다.

이른 새벽에 출발한 우리는 꼬박 만 하루를 채우고 반나절을 더 걸어서 겨우 목적지에 다다랐다. 목적지가 바뀌어서 길을 만들어야 했기 때문이다. 그 덕분에 진창을 걸어야 했지만 다시 예전으로 돌아간다는 생각에 들떠서인지 걷는 게 하나도 힘들지 않았다. 다만 어디를 둘러보나 똑같은 풍경이 지루할 뿐이었다.

하얀 숲을 미처 다 빠져나오지도 않았는데 대장이 걸음을 멈추더니 말했다.

"거의 다 왔다. 반 시간 정도만 더 걸어가면 막다른 절벽이 나올 거고, 그 아래가 바다야. 그곳에서 기다리면 민간수송선이 너희를 데리러 올 거야."

말을 마친 대장은 무언가를 내밀었다.

"이걸 받아라. 유용하게 쓰일 거다."

알약이었다. 대장은 물어보기도 전에 사용법을 알려주었다.

"돌아가기 전에 먹도록 해. 전부는 아니지만, 이곳에서의 기억을 얼마쯤은 잊어버리게 될 거야. 너희들의 안전을 위해서야."

"우리의 안전을 위해서가 아니라 당신들의 안전 때문이겠죠. 학교에서 우리 뇌를 스캔하면 이곳의 위치가 발각되고 말 테니까."

태웅이 말했다.

"상관없어. 우리가 이곳에만 머무는 것은 아니니까. 먹을지 말지는 각자가 알아서 선택하도록 해라."

대장이 우리에게 악수를 청하며 손을 내밀었지만, 누구도 선뜻 손을 잡아주지 않았다. 우리는 적이니까.

"그래. 쓸데없는 감상 따위는 집어치우라지. 그럼, 잘 지내라."

대장은 병사들을 데리고 하얀 숲으로 황급히 모습을 감췄다.

그들이 시야에서 사라지자마자 우리는 누가 먼저라고 할 것도 없이 목적지를 향해 달리기 시작했다. 아마도 겁이 났거나 그의 말이 사실인지 확인하고 싶어서였을 것이다.

달리는 동안 무언가 가슴 가득 차오르는 기분이 들었다. 상심일까 아니면 안도감일까? 아니면 희망?

우리는 그의 말처럼 하얀 숲이 끝나는 곳을 발견하고 나서야 달리기를 멈추었다.

"저 아래 진짜 바다가 있어!"

우리는 조심조심 발걸음을 옮기며 하얀 숲이 끝나는 곳으로 다가갔다. 누군가에게 들키지 않으려는 것처럼 아주 조심스럽고 은밀하게. 아마도 기대를 조금 더 품고 싶었기 때문인지도 모른다. 우리의 은밀한 행동은 마치 의식을 거행하는 사람들처럼 숭고하기까지 했다.

"진짜 바다야……."

"이게, 정말 바다인가?"

"아마도."

우리는 아무 말 없이 바다를 바라보았다. 말을 꺼내는 아이는 없었다. 할 얘기가 없었기 때문이다.

"처음 봐."

"나도."

우리는 서로 아무 말 없이 석양에 물드는 진짜 바다를 멀거니 바라보았다.

"바다가 이렇게 큰지 몰랐어."

나는 실언을 하고 말았다. 바다가 이렇게 큰지 몰랐다는 말은 전혀 논리적이지 않은 말이다. 우리는 바다가 넓다는 것을 잘 알고 있다. 대재앙 이후의 바다는 대륙을 거의 잠식하고 있었으니까. 아무도 내 말의 오류를 지적하지 않은 까닭은 실망 때문이었을 것이다. 지금 보고 있는 진짜 바다는 우리가 알고 있던 바다, 생각했던 바다와는 전혀 달랐기 때문이다. 내가 알고 있던 바다는 무척이나 아름다웠다. 설령 가상의 바다일지라도 말이다. 황금빛 모래사장과 거품이 이는 하얀 파도, 그리고 짠 내 가득한 시원한 바람.

나는 여태껏 그런 바다를 상상해왔다. 그러나 진짜 바다는 더럽고 추악했다. 핏기 도는 검붉은 거품, 지독한 유황 냄새를 싣고 오는 뜨거운 바람.

모든 게 허탈했다. 오히려 가짜가 더 아름다웠다. 진짜 바다는 바다에 관한 추억을 퇴색시킬 뿐이었다.

"여기가 끝이 아니야. 이렇게 끝나지는 않을 거야."

진이 중얼거렸다.

"너희들은 궁금하지 않니?"

진이 다시 활기찬 목소리로 되물었다.

"바다 너머에는 뭐가 있을까? 저 바다 너머에 말이야. 궁금하지 않니?"

아이들은 아무런 말도 하지 않았다.

"가보고 싶어. 우리가 찾던 진짜 바다에."

"불가능해."

진의 말에 내가 대답했다.

나는 무엇을 찾고 싶었던 것일까?

"아니야. 저 바다 너머 어딘가에는 분명히 우리가 알고 있는 푸른 바다가 있을 거야."

"진. 제발! 그만해."

괜스레 화가 났다.

"이게 진짜야. 푸른 바다 따위는 없어. 너도 알잖아?"

진은 말없이 고개를 떨어뜨렸다.

"왜 어른들이 우리를 규제하고 정보를 통제했는지 알 것 같아. 진실은 언제나 왜곡되어 있으니까. 어른들이 옳아. 현실은 이렇게 더럽고, 잔인하고 추악해. 어른들은 우리에게 그런 것들을 보여주고 싶어 하지 않는 거야."

"푸른 바다를 보러 가자고 한 건 너였어."

진이 말했다.

"내가 헛된 희망을 품었던 것 같아. 그런데 이제는 그러지 않을 거야. 이런 쓰레기 같은 현실이 아니라 가상의 세계에서 얼마든지 행복을 찾을 수 있으니까."

불가능한 것을 꿈꾸며 허황된 희망을 품는 것은 어린아이나 하는 짓이다. 다시는 이런 헛된 꿈을 꾸며 시간을 낭비하는 어리석은 일은 하지 않을 것이다.

"난 네 말만 믿고 따라왔어."

진의 목소리에서 서글픔 같은 것이 느껴졌다. 그러나 나는 달리 할 말이 없었다.

"미안해. 진. 정말 미안해."

약속대로 민간수송선이 나타났다. 착륙 지점을 확인하며 하강하던 민간수송선이 갑작스레 고도를 올리더니 내륙으로 기수를 돌렸다. 나는 착륙하지 않고 방향을 돌리는 민간수송선을 보고 망연자실하고 말았다. '자유연합'에 속은 줄 알았기 때문이다.

그 순간, 대여섯 개의 강한 빛줄기가 민간수송선 위로 쏟아졌다. 그제야 '연방 교통관리 센터'의 순찰 비행선 한 무리가 엔진음을 줄인 채 주위를 에워싸고 있음을 알아차렸다. 사이렌을 울리며 요란하게 등장한 순찰 비행선이 로켓을 발사했다. 로켓은 허공을 가르며 민간수송선을 타격한 뒤, 밤하늘과 바다를 화려한 불꽃으로 치장했다.

나는 민간수송선이 격추되어 진짜 바다로 추락하는 것을 경악하며 지켜봤다. 민간수송선의 조종사는 죽었을 것이다. 그 폭발에서 살아남을 수 있는 사람은 없을 테니 말이다. 어쩌면 만나서 한마디라도 나눴을 사람이 눈앞에서 한 줌의 재가 되어 사라졌다고 생각하니 기분이 좀 묘했다! 빌어먹을!

오히려 '자유연합'과 한 패거리가 죽었으니 기뻐해야 하는지도 모른다. '연방 교통관리 센터'가 순찰 비행선을 보내 우리를 구하러 왔으니 감격해야 하는지도 모르겠다. 그러나 기쁘지도 않았고, 감격스럽지도 않았으며 누군가의 죽음에 슬픔이나 분노가 생기지도 않았다. 실제 죽음을 목격하는 것이 처음 있는 일이었지만 아무것도 느껴지지 않았다.

아마도 '모의 전투'를 치르면서 죽음마저도 무감각해져 버린 탓일 것이다.

목표를 제거한 순찰 비행선은 우리에게 서치라이트를 비췄다. 우리는 무사하다는 표시로 손을 흔들어 보였다.

"우리는 앞으로 어떻게 될까?"

순찰선이 착륙하기를 기다리며 진이 물었다.

"그저 고향으로 돌아가는 거지."

닉이 대답했다.

"변화 말이야. 원했든 원치 않았든 우리는 다른 삶을 겪었고, 무언가를 느꼈어. 그건 앞으로의 생활이 예전과는 같을 수 없다는 것을 뜻하는 거야."

"나는 예전으로 돌아가고 싶어."

진의 말에 애리가 흐느꼈다.

"비밀을 지킬 수 있을까?"

내가 의문을 던졌다.

"비밀은 없어. 정부와 선생님들은 우리 뇌를 헤집고 다니면서 기억을 샅샅이 훔쳐볼 거야."

그 말은 사실이다. 우리의 기억, 또는 비밀 역시 경험의 일부로 공유되어야 하는 게 마땅하다.

"모두 잊어버려야 해."

진이 알약을 꺼내며 말했다.

"왜? 누구를 위해서?"

유현이 물었다.

"모르겠어. 하지만 이렇게 하는 게 맞는 것 같아. 누군가에게 내 기억을 훔쳐보게 하고 싶지 않아."

진은 알약을 입에 넣었다.

"안 돼! 그건 배신이야."

유현이 강하게 반발했지만 이미 늦은 뒤였다.

나는 유현과 태웅이 진에게 달려드는 것을 보고 소리쳤다.

"진을 내버려 둬!"

누구나 자기 삶을 선택할 권리가 있다. 그리고 선택은 각자의 몫이다. 선택에 뒤따르는 책임까지도 말이다.

"나는 운명에 굴복하지 않을 거야."

알약을 삼킨 진이 웅얼거리며 말했다.

내가 다니는 특수목적 고등학교는 말 그대로 '외계의 위협으로부터의 인류생존과 존속'이라는 특수한 목적에 의해 설립된 학교다. 그 때문에 명령체계가 사관학교나 군대와 별반 다를 게 없다. 상명하달의 조직 문화에서 굴복이라는 용어는 쓰이지 않는다. 그러나 진은 굴복하지 않겠다고 말했다. 그게 어떤 의미인지는 아는지 모르는지 말이다.

"젠장! 모두 다 끝났어."

나는 '진짜 여행'을 하는 동안 우리가 서로에 대해 느꼈던 친밀함이 지금, 이 순간 일탈이 끝남과 동시에 종지부를 찍었다는 사실을 깨달았다. 나는 쥐고 있던 알약을 슬며시 놓아 버렸다.

11 불량품

　우리는 '지구연방 과학연구센터'에서 정밀진단과 정신 감정 분석을 받았다. 머리끝에서 발끝까지, 그리고 기억부터 마음마저 철저히 스캔당했다. 우리의 기억과 마음 분석 결과는 정부와 학교로 보내져 '모의 전투'의 맵과 전술 계획으로 만들어질 것이 분명하다. 결과적으로 우리는 스파이 버그와 다를 게 없는 것이다.

　진만 빼고 나머지 아이들 모두 이상이 없다는 결과가 나왔다. 진은 불손 세력의 정치 성향에 동화되었다고 했다. 아마 책 때문이었을 것이다. 어쩌면 그 알약 때문이었을지도 모르고.

　"진. 너는 참 문제가 많은 아이로구나. 정학을 맞고 관심 대상 목록에 오른 학생이 또다시 이런 일을 벌이다니 말이야."

　상담전문가인 책임연구원은 진의 정신 감정 평가표를 보며 말했다.

　책임연구원은 뿔테 안경을 쓰고 하얀 가운을 입은 중년의 여자였다. 그런데 확실치는 않다. 옷차림과 걸음걸이, 말투나 몸짓이 너무나 동떨어진 느낌이라서 나이를 짐작할 수 없기 때문이다. 성형이나 피부재생 시술을 너무 많이 받아서 자신의 진짜 나이를 잃어버린 것 같았다.

"나는 너 같은 아이들을 수도 없이 봐왔어. 네 나이 때는 기성세대에 반항하기도 하고 일탈을 동경할 수 있어. 그건 잠깐 스쳐 지나가는 바람 같은 거야. 결국, 대다수 아이가 자신의 철부지 같은 행동을 후회하고 사회로 돌아오게 된단다."

그녀는 진에게 상처가 될지도 모르는 말을 스스럼없이 내뱉었다.

"네 인생이 불쌍해서 한 번 더 기회를 주기로 했어. 정부에서 시행하는 정신교육을 받으면 퇴학만큼은 면하게 도와주마. 그래도 낙제는 피할 수 없을 테지만."

그녀는 말을 함부로 내뱉는 것이 자신의 권위를 내세우는 방법이라고 생각하는 모양이었다.

"저를 동정하는 거예요?"

진이 앙칼진 목소리로 물었다.

"동정하다니?"

불시에 일격을 받은 책임연구원은 당혹스러운 표정을 지었다.

"선생님. 그깟 정신 감정 평가표가 내 미래를 결정한다고 생각하시는 거예요?"

"뭐라고?"

"제가 살인을 저질렀나요? 아니면 테러를 일으키기라도 했나요?"

진은 흥분을 감추려고 애를 썼지만 떨리는 목소리를 감추지는 못했다.

"으흠. 뻔뻔한 계집애 같으니라고."

책임연구원은 신음을 흘리며 경멸 어린 시선으로 진을 쏘아보았다.

"그럼, 정신교육이 왜 필요하죠? 나를 통제하려고 하는 것은 알겠는데, 도대체 뭐가 두려운 거죠? 기껏해야 어린아이일 뿐인데!"

"넌, 정말 못된 아이로구나! 지금 네 행동은 도저히 용납이 안 되는 구나. 너 같은 아이는 정말 최악이야. 기회를 줄 가치도 없어!"

책임연구원은 새하얗게 질린 얼굴로 소리를 질렀다.

진의 낯빛은 파리해졌고 눈시울은 붉어졌으며 입술은 가볍게 떨렸다. 아랫입술을 지그시 깨물더니 결심한 듯 고개를 바짝 치켜드는 진을 보고 내가 나섰다.

"진의 잘못이 아니에요. 모두 제 책임이에요. 아이들에게 진짜 바다를 보러 가자고 한 건 저였어요."

호기를 부린 것은 아니다. 모름지기 어른에게는 늘 솔직해야 하는 법이니까. 젠장!

책임연구원은 한심하다는 듯이 나를 바라보며 악담을 퍼부었다. 화풀이할 대상을 찾고 있었는데 때마침 만만한 상대를 만났다는 듯이 말이다.

"흥, 꼴에 사내답게 보이고 싶은 거냐?"

그녀의 말에 굴욕감을 느꼈다.

"우리는 너 같은 애가 그런 위험천만한 일을 모의했다고 생각하지 않아. 네가 그만한 배짱이 있는 아이가 아니라는 건 네 정신 감정 분석 결과에도 잘 나와 있어. 알겠니?"

자존심이 상했다. 도대체 내가 무엇을 잘못한 거지? 내가 인격체로서 최소한의 존중도 받지 못할 정도로 형편없는 아이라는 말인가? 잠시 일탈을 꿈꾸었다는 이유로 부당한 취급을 받아도 된다는 말인가? 이런 수모가 내가 선택한 일에 대한 책임일까?

내가 너무나 한심하고 초라하고 보잘것없어서 자괴감이 밀려들었다. 난 영락없이 낙오자임이 틀림없다.

책임연구원은 우리에게 집으로 돌아가라고 말했다. 그리고 학교로부터 통지가 날아갈 것이라는 말을 덧붙였다.

우리는 풀이 죽은 채로 '지구연방 과학연구센터'의 연구실을 빠져나왔다. 우리는 침묵을 옆에 끼고 걸었다. 오히려 다행이었다. 동정받지 않아도 되었으니까. 서로를 위로하지도, 위로받으려고 애쓰지 않아도 되었으니까. 섣불리 위로하려고 들었다가는 울음을 터뜨릴지도 몰랐다. 아니면 욕이나 실컷 얻어먹던지. 우리에게는 각자가 따로 생각을 정리할 시간이 필요했다.

무인 이동 캡슐을 타러 가는 길에 진에게 물었다.

"왜 그랬니?"

"내가 틀린 말 한 거 아니잖아. 부당하다는 생각이 들어서 화가 났어."

"그래. 네 말이 틀린 건 하나도 없어."

"넌, 왜 그랬니?"

이번에는 진이 나에게 물었다.

"그냥."

진의 간절한 눈빛은 나에게 해명을 요구하고 있었다. 그래서 말했다.

"네가 심란하게 만들었잖아. 네가 터질 것 같아서 그랬어."

"치. 너는 너무 충동적이야. 하지만 솔직해서 좋아. 그런데 너보다는 내가 하는 게 더 나았어."

그럴지도 모른다. 진에게는 이미 낙오자라는 꼬리표가 달려있으니까.

"너를 위해 무언가를 하고 싶었어. 나는 네가 물가에 내놓은 어린애처럼 조마조마해서……."

나는 말을 잇지 못하고 얼버무렸다.

진이 어린애가 아니라는 것은 나도 잘 알고 있다. 그런데도 나는 늘 진이 신경 쓰였다.

"난 네가 걱정해줄 만큼 어리지 않아. 전에 얘기했지. 내가 너보다 더 나이가 많을지도 모른다고."

진이 웃었다.

진의 생기 넘치는 목소리와 웃음에도 기분이 나아지지 않았다. 밝은 미소와 생기 넘치는 목소리와 긍정적인 활기가 날 위해 꾸며낸 것이라는 걸 알기 때문이다. 가짜는 진짜와 마찬가지로 아무런 감흥을 주지 못했다.

잠깐 스쳐 지나가는 바람 같은 일탈을 마치고 6주 만에 다시 집으로 돌아왔다. 아빠는 나에게 잘 돌아왔다고 말하며 꼭 껴안아 주었다. 미안한 마음이 들었다.

엄마의 시선은 싸늘했고, 이번에는 가희 역시 마찬가지였다. 내가 약속을 지키지 않았다는 이유에서였다. 그럴 수밖에 없는 이유가 있다고 말했지만 한 번 토라진 가희는 풀어질 기미가 없었다.

나로 인해 상처받은 가희에게 좀 더 집중하고 싶어서 집에 있는 동안 텔레프레전스 커뮤니티에 접속하지 않았다. 접속만 하면 언제든지 친구들을 만날 수 있지만, 그것은 진짜가 아니다. 내게는 가짜가 너무나 낯설었다.

나는 가희에게 내 진짜 여행 이야기를 해주었는데, 가희에게 할 얘기가 생겼다는 게 내심 뿌듯했다. 이야기는 나 혼자만이 가진 추억이기 때문이다.

먼저, 술과 기름 없이는 한 걸음도 움직이지 못하는 어떤 남자에 관해 이야기했다. 또, 공중항해를 할 때의 위협과 검은 숲이 하얗게 변하는 경이로움에 관해 이야기했고, 무릎 위에 앉혀 놓으면 꼼지락거리는 애완동물이 얼마나 사랑스러운지 말해 주었다.

전혀 흥미를 보이지 않던 가희는 혐오스럽게 생긴 '고기'가 얼마나 맛있었는지 얘기했을 때에서야 살짝 웃었다. 가희의 수줍은 미소를 보자 마음이 놓였다. 가희는 내 얘기를 귀담아듣고 있었던 게 분명했다. 들키지 않으려고 터져 나오려는 웃음을 간신히 참고 있었던 것뿐이다. 그래서 아주 작은 미소로 내 얘기가 얼마나 재미있었는지 말해 준 것이다.

"오빠. 진짜 바다는 어땠어?"

가희가 물었다.

속에서 무언가 울컥하고 올라오는 것을 느꼈다. 눈두덩이 뜨거워져서 들키지 않으려고 얼른 창밖을 내다보았다. 블라인드에 가려 작아진 하늘이 보였다. 눈이 시리도록 새파란 하늘이었다. 젠장!

"진짜 바다는 정말 아름다워. 언젠가 우리 둘이서 꼭 한 번 같이 가보자."

나는 마른침을 삼키며 말했다.

"정말이지? 약속해. 꼭!"

가희의 표정이 환하게 밝아졌다.

나는 사랑스러운 내 동생을 꼭 안아 주었다.

끔찍한 일주일여가 지났을 때 학교에서 통지가 날아왔다. 주임 선생님의 음성 메시지는, 이번 일은 상담전문가인 책임연구원의 의견을 최대한 반영한 것이라고 했다. 우리의 행동이 괘씸하지만, 철부지 어린아이들의 호기에서 비롯된 일이니, 이번만큼은 특별히 눈감아 주겠다고 했다. 그리고 인류의 미래를 책임질 아이들의 인생을 망칠 수 있는 선택을 피하고자 학교의 상벌위원회 관계자들이 무척 고심했고, 정학이라는 최선의 결론을 내렸다고 했다. 그리고 앞으로 열심히 학업에 임하라는 격려도 함께 실었다. 빌어먹을! 동정해줘서 눈물 나게 고마웠다.

나는 진이 어떤 통지를 받았을지 무척 궁금했다. 진은 1길드로 내려가는 걸까? 아니면 퇴학을 당할까?

어쩌면 나보다도 더 큰 상처를 받았을 텐데, 그동안 너무 무심했다는 생각이 들었다.

나는 텔레프레전스 커뮤니티에 접속해서 진에게 문자 메시지를 전송했다.

「별일은 없는 거지?」

곧바로 답신이 왔는데 아주 짧았다. 성의 없게.

「어.」

「늘 궁금한데, 앞으로는 좀 줄일게.」

진에게 학교에서 온 통지문의 내용을 알려달라고 말할 엄두가 나지 않아서 에둘러 말했다. 그랬더니 이런 답변이 왔다.

「뭘?」

알면서 왜 묻는 거냐? 젠장!

나는 다시 문자 메시지를 보냈다. 이번에는 좀 더 솔직하게.

「네 생각을 하는 거.」

그랬더니 또 이런 답변이 왔다.

「그럼, 나 섭섭한데.」

도대체 나더러 어쩌라는 거냐? 그렇지 않아도 머릿속이 복잡한데
…….

답신 메시지를 보내는 대신 진과의 접속을 해제해버렸다. 화가 났기
때문이다.

나는 여자아이들의 그런 점이 싫다. 진담인지 농담인지 모를 말을 던
져놓고 혼란스럽게 한다는 점. 문제는 던져놓고 답은 말해 주지 않는
점. 도무지 갈피를 잡을 수 없다는 점…….

여자아이들의 말은 분명히 해석하기 어려운 면이 있다. 의미를 해석
하기 위해서 고민할수록 점점 더 혼란스러워진다. 진담으로 했던 말도
순식간에 농담으로 뒤바뀌니 상처를 입는 쪽은 이해하지 못하거나 순
발력이 따라주지 않는 쪽이다. 그걸 재치라고 생각하는 걸까?

진에게 화가 났다는 것을 알려주고 싶었다. 그래서 다시 텔레프레전
스 커뮤니티에 접속했더니 호출 메시지가 떴다. 설렘을 감출 수가 없
었다. 진이었기 때문이다.

나는 최대한 태연한 척 애쓰며 진을 만나러 갔다. 화가 난 이유를
알게 하고 싶지 않았다. 사실은 나도 왜 화가 난 건지 모르니까.

텅 빈 공간이 요동치며 형태를 갖춰가기 시작했다. 생성된 장소는 도
시의 야경이 한눈에 내려다보이는 '지구연방 센터'의 전망대였다. 진은

전망 창밖으로 형형색색의 불빛이 수놓고 있는 도시를 물끄러미 내려다보고 있었다.

"접속이 불안정해서 튕겼나 봐."

진은 아무런 대답도 하지 않았다.

괜한 말을 했다는 생각이 들자 한심하고 초라해지는 기분이 들었다.

"혹시, 통지받았니?"

이번에는 단도직입적으로 물었다. 오로지 내 관심사는 그것뿐이었으니까.

"어. 낙제야. 다음 주부터 1길드로 내려가래."

"휴우."

한숨이 절로 나왔다.

"이제 어떻게 하지?"

이것은 순전히 나에게 한 멍청한 질문이다. 대체 무엇을 어떻게 할 수 있다는 말인가?

"1길드로 가고 싶지 않아. 그런데 아빠하고 오빠는 나를 설득하려고 해."

진은 도시의 야경에서 시선을 떼지 않고 말했다.

"자꾸만 눈앞에 이상한 게 떠올라. 낯선 장소와 낯선 사람. 나는 모의 전투를 하고 있어. 그리고 사람들을 죽여. 그들은 몹이 아니야."

말을 하는 진은 무척이나 쓸쓸해 보였다.

나는 조금이라도 위안이 되었으면 하는 바람이었다.

"꿈을 꾼 거야. 모의 전투 때문에……. 외상 후 스트레스 장애 말이야. 불면증, 집중 결여, 불안, 악몽, 환각의 재현 현상 같은 증상."

지식을 총동원해서 원인을 진단해 주었지만 도움이 되지 않으리라는 것도 알았다.

"넌 어떠니? 잠을 자면서 꿈을 꾸니?"

진이 물었다.

"글쎄. 꿈을 꾸는 것 같기는 한데 뭔지 기억은 안 나."

내 대답에 진은 긴 침묵에 빠졌다. 나도 딱히 할 말이 떠오르지 않아서 창밖만 멀거니 내다보았다. 우리가 진짜 여행을 했던 하얀 숲이 저 멀리 지평선 너머에 있었다.

"그럼, 다른 꿈은?"

한참 후, 진이 다시 입을 열었다.

"다른 꿈이라니?"

"네가 소망하는 것 말이야."

"너 지금 장난하는 거냐?"

왠지 진의 말이 생뚱맞다는 생각이 들었다. 그래서 되물었다.

"그런 게 왜 필요하지?"

전 인류의 꿈, 그러니까 인류의 소망은 오직 하나뿐이다. 인간의 유전자를 외계의 위협으로부터 안전하게 지키는 것 말이다. 그것이 전 인류에게 주어진 공통된 사명이다. 그렇다. 나에게도 꿈이 있었다.

"지구를 지키는 거……."

젠장! 말을 하고 나니 내 자신이 무척이나 한심하게 느껴졌다.

"넌 세상의 모든 사람이 같은 꿈을 꾼다는 게 말이 된다고 생각하니?"

"몰라."

진의 질문에 대답하는 일은 간단했다. 그런 것은 생각해 본 적이 없기 때문이다.

"그러는 너는? 꿈이 있어?"

내 물음에 진이 대답했다.

"비겁해지지 않는 거. 내가 나답게 살아가는 거."

"그럼, 넌 너답지 않다는 거냐?"

"아마도. 자꾸만 나를 잃어가고 있는 것 같아서 서글퍼져."

진이 변한 건 모두 책 때문이다. 책을 읽어서 저렇게 된 거다. 책이 진을 혼란에 빠지게 한 것이다. 책은 정말 불필요한 것인지도 모르겠다.

"넌 용기가 있니?"

진이 물었다.

용기? 헛웃음이 나왔다.

"아니, 난 겁쟁이야. 내가 겁쟁이라는 사실은 정신 감정 분석 결과에도 나와 있어."

나는 자신을 스스로 비꼬며 말했다.

수없이 '모의 전투'를 실행하면서도 단 한 번도 나 자신이 용감하다고 생각한 적이 없다. 늘 불안하고 초조했는데, 그 기억을 들켜버린 것이다.

"나는 시스템에 맞지 않는 부적격자야."

진은 아무런 대답도 하지 않았다. 우리 둘 사이에 어색하고 싸늘한 침묵만이 맴돌았다.

"그러는 넌 어때?"

나는 진에게 되물었다.

"모르겠어."

"무슨 대답이 그래? 자신도 모르는 답을 나한테 구하려는 거였니?"

진이 나를 바라보았다. 우리의 시선이 마주쳤다. 늘 냉소를 머금고 있던 차가운 눈빛이 아니었다. 촉촉이 젖은 진의 눈동자는 왠지 따뜻할 것만 같았다.

"우는 거야?"

"아니야."

"울지 마."

"안 울어."

말이 끝나기 무섭게 눈물 한 방울이 주르륵 흘러내렸다. 젠장.

진은 고개를 푹 파묻었다. 소리 내서 울지도 못하고 코만 훌쩍거렸다. 어찌해야 좋을지 알 수 없었다. 어떻게 달래줘야 하지? 어깨를 다독여줘야 하나? 손수건이라도 줘야 할까?

나는 아무런 행동도 실행해 옮기지 못한 채 마음만 갈팡질팡하고 있었다. 나는 늘 왜 이 모양일까?

"난 내가 바꿀 수 있는 것을 바꾸고 싶어."

진이 고개를 들고 내 눈을 똑바로 바라보며 말했다.

"뭘 바꾸고 싶은 건데?"

"뭐든지 다. 내 운명……."

나는 솔직한 심정을 얘기했다.

"나는 모르겠어. 세상에는 바꿀 수 있는 것보다 바꾸지 못하는 게 더 많아. 더더욱 운명이라는 것은 네가 선택하는 게 아니야. 선택을 받는 거지."

"어떻게 그렇게 단정적으로 말할 수 있는 거지?"

진이 항변했다.

"해보지도 않고 포기한다고? 그건 체념이야."

"아니, 현명함이야. 어쩌면 평정심일지도 모르고."

나는 내 생각에 동조하기를 바랐지만, 진은 자신의 주장을 굽히지 않았다.

"현명함을 증명하는 것은 용기야."

"그렇지 않아. 현명함은 무모함과 달라."

"무모함을 용기라고 말하는 게 아니잖아."

이런 식으로는 대화가 영원히 끝나지 않을 것 같았다.

"나는 가끔 사회가 거대한 괴물 같다고 생각하곤 해. 그리고 사람들은 그 괴물이 살아가는 데 없어서는 안 될 중요한 도구라는 생각이 들어. 사회라는 괴물을 구성하는 부품이라는 거지. 공장에서 찍어내는 부품 같은 거 말이야."

나는 어떤 은유가 담겨 있는지 깊이 생각해보지도 않은 채 그저 내가 말하는 행위에만 도취 되어있었다.

"그런데 부품을 생산하는 공장의 기계가 가끔 오작동을 일으키곤 해. 그럴 때도 기계는 부품을 쉼 없이 만들어내는데, 그때 만들어진 부품이 너와 나야. 한마디로 불량품이지."

무심결에 툭 뱉어낸 말이었다.

내가 말실수를 했다는 것을 깨닫는 데는 그리 오래 걸리지 않았다.

"네 말대로야. 난 불량품이고, 부적격자지."

나는 예상하지 못한 진의 반응에 당황했다.

"아니야. 미안해. 그런 뜻으로 한 말이 아니었어."

수습하려고 해보았지만 이미 엎질러진 물이었다.

"네가 왜 미안해? 네 잘못이 아닌데."

촉촉이 젖어있던 진의 눈가는 어느새 말라 있었다. 따뜻한 눈동자는 온데간데없었다.

"더는 참을 수 없어. 난 여기서 나갈 거야. 나는 이 세상에 내가 바꿀 수 있는 게 있는지 찾아볼 거야. 그리고 그것을 바꾸는 용기가 있는지 시험해 볼 거고."

"그게 대체 무슨 소리야?"

"자유연합으로 돌아갈 거야. 진짜 삶을 알고 싶어."

"너 지금 제정신이니?"

진은 정말 불손 세력의 정치 성향에 동화된 걸까?

"진짜는 없어! 모두 지어낸 얘기일 뿐이야."

나는 진을 설득하려고 했다.

"어쩌면 고도의 심리 전술일지도 몰라. 그러니까 그냥 잊어버려."

"싫어!"

진이 말했다.

"아니야. 해야 해. 그들이 노린 게 바로 이거라고. 우리의 마음을 지배하고 의심하게 만들어서 분열을 일으키려는 거야."

나는 진의 마음을 돌려놓기 위해 안간힘을 썼다.

"난, 안 해."

"해봐. 아니 해야 해."

"왜?"

진의 질문이 하도 낯설고 당혹스러워서 나는 진이 한 말을 몇 번이고 반복해야 했다.

"왜? 왜냐고? 왜라니?"

머릿속이 새하얗게 지워진 느낌이 들었다.

무슨 말인가를 꺼내기 위해 생각을 해내려 했지만, 아무것도 떠오르지 않았다. 멍청해지는 기분. 머릿속의 복잡한 회로가 한데 엉켜버린 것 같았다.

"나랑 같이 가자. 나한테 계획이 있어. 이번이 우리의 진짜 여행이야."

진이 눈을 반짝이며 말했다.

"싫어. 난 안 가."

난 단호하게 말했다. 거절하는데 한 치의 망설임도 없었다.

진은 실망스러운 눈길로 나를 바라보았다. 나는 진의 그 눈빛을 똑바로 바라볼 수가 없었다. 너무나 부끄럽고, 너무나 아팠기 때문이다.

"넌 겁쟁이야. 비겁한 놈."

어쩌면 진의 말이 맞을지도 모른다.

자신의 본질을 꿰뚫는 내면을 바라본다는 것은 참기 힘든 일이다. 그래도 난 진의 말을 인정하지 않을 수가 없다. 난 무엇이 옳은지, 또 무엇이 그른지조차 분별할 수 없을 정도로 한심한 겁쟁이다.

"나도 알아. 넌 정말 이상한 애야."

"나도 알아."

내 말에 진이 대답했다.

12 꼭두각시 춤

진은 학교에 오지 않았다. 다시 시작된 일상은 진과 만날 기회를 희박하게 만들었고 우리 사이의 멀어진 거리를 가늠할 수 있게 했다.

진이 옆에 없다는 게 실감 나지 않았다. 내 일부가 나도 모르게 빠져나간 것 같은 느낌이었다. 공허하고 쓸쓸한 기분 때문에 무엇을 해도 즐겁지 않았다. 인정하고 받아들이려 하는데도 불구하고 내면의 또 다른 나는 수긍하기를 거부하며 밀어내고 있었다. 오지 않으리라는 것을, 다시는 보지 못 하리라는 것을 알고 있었다. 이런 상황과 마주하더라도 나는 아무렇지 않을 거라고 몇 번이고 나에게 다짐했었다. 아무 것도 아니라고, 아무 일도 없었다고, 단지 스쳐 지나가는 바람처럼 충동적이고 무모한 일탈일 뿐이라고. 그런데 그렇지 않았다. 나는 자꾸만 뒤를 돌아보고 있었다.

나는 우리가 헤어지게 되리라고는 한 번도 생각해보지 않았다. 이상한 일이었다. 학기 중에는 진과 친하게 지냈던 적이 거의 없었다. 진은 내 세계와 동떨어진, 여느 아이들과 마찬가지로 내 주변 인물에 지나지 않았다. 그런데 지금, 진은 여느 아이들과 같지 않았다. 허락도 없이 내 세계에 깊숙이 파고들어 와 자리를 잡은 것이다. 허락도 없이 말이다. 그토록 짧은 기간 동안 이렇게까지 나에게 영향을 미쳤던 사람이 있었던가? 아무도 없었다. 나를 발견하게 하고 다시 꺼내놓게 만든 사람은 진뿐이었다.

걱정되어서 미칠 것만 같았다. 대체 어디서 무엇을 하고 있을까? 정말 떠나버린 걸까? 내가 진을 위해서 할 수 있는 일이 있다면, 그랬다면 이렇게까지 괴롭진 않았을 텐데!

진과의 기억이 하나부터 열까지 내 머릿속을 떠나지 않았다. 가족이 아닌 다른 누군가를 그리워해 본 적이 없었는데 이렇게 누군가가 절실히 그리워질 수 있다니! 기억을 제거할 수만 있다면 얼마나 좋을까? 낙제하면 모든 것을 잊어버리게 될까?

내 이기심은 머릿속에서 진과의 추억을 모두 지우길 강요했다. 그래서 하루는 머릿속의 진을 죽이려 했고, 또 다음 날은 머릿속의 진을 되살려냈다. 진은 그렇게 내 머릿속에서 죽기, 살기를 반복하며 내 숨통을 조여 왔다. 권태가 못 견디게 힘들었다. 세상에! 나와 각별하게 지내던 권태마저도 나에게서 등을 돌리려 하다니! 익숙했던 것들이 하나둘 내 주위에서 떠나버리면 내 곁에는 무엇이 남을까?

텔레프레전스 커뮤니티도 내 공허함을 채워주지 못했지만, 나는 하루에도 몇 번씩 접속하고 새로 들어온 호출 메시지가 있는지 없는지 확인했다. 혹시나 우연처럼 다시 만날 수 있기를 고대하면서.

"가인아."

누군가가 나를 불렀다.

"아! 진. 이런 곳에서 만나다니, 어떻게 이럴 수가 있지? 우리가 정말 인연이긴 한가 봐. 그렇지?"

민간비행선을 대여하는 중고시장의 5번 격납고 앞이었다. 그러나 내가 이곳에 올 일이 뭐가 있겠는가!

"표정이 밝아졌네. 많이 좋아 보여."

아무렇지 않은 것처럼 말하며 묻지도 않는 내 안부를 전해 주었다.

"나는 잘 지내고 있어."

"잘 지낸다니 다행이다. 난 떠날 거야."

진이 말했다.

나는 아무 말도 하지 않았다. 이곳에 전송되어 온 순간, 진이 나를 부른 순간 예감하고 있었으니까.

"말 안 하고 가는 게 싫었어. 내가 너한테 말하는 거 맞는 거지?"

"그래."

붙잡을 수 없다는 것도 잘 알았다.

나는 고개를 숙인 채 아무 말도 하지 않았다. 나는 진이 미웠다.

진이 나에게 다가왔다.

서로의 얼굴이 맞닿을 정도로 가까워지자 진의 숨결이 느껴졌다.

"그리울 거야. 너와 지낸 시간이……. 나 잊지 마."

진은 내 귀에 대고 속삭이듯 말했다.

"정말 떠날 거니?"

"그래."

진의 말은 또렷했다. 자신의 결심이 확고하다는 것을 증명하기라도 하듯이.

울음이 터져 나오려고 했다.

"진. 나는 우리가 서로 총을 겨누고 있는 것을 봤어. 증기 비행선에서 허공에 뛰어들었을 때……."

"꿈을 꾼 거야."

진은 내 말을 가로막아 버렸다.

"넌 날 버렸어."

나는 시선을 떨어트린 채 중얼거렸다.

"아니야."

"앞으로 너한테 관심 끊어 버릴 거야. 완전히 잊어버릴 거라고!"

나는 투정 부리듯 말했다.

"그러지 마. 우리는 다시 만날 거야."

진이 내 손에 무언가를 꼭 쥐여주었다.

"선물이야."

책이었다. 빌어먹을 책!

책이 전송되어 내 보관함에 저장되었다. 나는 마음만 먹으면 언제든지 꺼내서 읽어 볼 수 있을 것이다.

"그럼 갈게."

진은 5번 격납고 안으로 유유히 발걸음을 옮겼다.

"진……."

내 입에서 나오는 것은 웅얼거림에 불과했다. 불렀으면 뒤를 돌아봤을까?

점점 더 멀어질수록 진의 뒷모습도 점점 작아져 갔다. 저렇게 작아지다가는, 내 시야에서 아예 자취를 감출 게 분명했다.

"나. 학교를 그만두면 어떨까 싶어."

태웅에게 지나가는 투로 말했다.

"그게 무슨 말이야?"

"말 그대로야. 다 때려치우고 싶다고."

"너 제정신이 아니구나?"

닉이 끼어들었다.

"모르겠어. 모든 게 다 허무해. 아무런 의미가 없어."

"됐거든."

태웅과 닉은 한심하다는 눈빛으로 나를 바라보았다. 그래도 상관없었다. 나를 바라보는 그 눈빛에 매우 익숙해졌으니까.

"왜 우리는 이렇게 서로를 밟고 일어서기 위해 안간힘을 쓰는 거지?"

"그거야 우리에게 주어진 사명이니까."

닉이 말했다.

생물체의 한 종이 철저히 환경에 진화해 나가는 모습을 두 눈으로 목격한 순간이라고 해야 할까? 녀석의 변화무쌍함은 정말이지 감탄스러웠다.

닉은 기성세대들이 만들어 놓은 가치 기준에 적합한 인생을 살아갈 것이다. 녀석은 환경에 적응하면서 진화할 것이고, 적응하지 못한 나는 결국 도태될 것이다. 미달과 초과, 적합함과 부적격의 경계는 겨우 그런 선택의 차이일 뿐이다.

"넌 이 지긋지긋한 모의 전투에서 벗어나고 싶지 않니? 난 할 수만 있다면 벗어나고 싶어. 제발이지 그럴 수만 있다면."

"충고 하나 할게. 진은 잊어. 쓸데없는 생각을 하지 말고 네 일에 집중해."

태웅이 대답했다.

그래, 태웅의 말이 맞는다. 잊어야 한다. 그게 맞는 거다. 하지만 잊을 수가 없었다. 진의 얼굴이 머릿속에서 떠나지 않았다.

활짝 웃을 때마다 찡그려지는 미간. 깊게 쌍꺼풀진 커다란 눈과 귀여운 코. 작고 갸름한 얼굴을 돋보이게 하는 매력적인 광대뼈. 그리고 해맑은 웃음 뒤에 여운처럼 남는 쓸쓸한 눈빛.

"내가 미친 걸까? 미쳐가고 있는 걸까?"

가슴이 갑갑해져 왔다. 나는 기성세대가 만들어 놓은 질서에 편입하려고 부단히도 애쓰는 녀석들에게서 벗어나고픈 막연한 충동에 사로잡혔다.

"난 정말이지 너희가 부럽다."

이건 진심이었다.

나에게는 공허와 상실감에 대처하기 몰두해야 할 대상이 필요했다. 문득, 책을 읽으면 진이 어떤 생각을 하게 되었는지 알 수 있지 않을까 하는 생각이 들었다. 그래서 책을 읽기 시작했다. 진의 생각을 알고 싶었다. 그것이 흐려진 그림자를 따라가거나 끊어진 발자취를 좇는 것처럼 막연한 일이라고 해도 상관없었다. 그렇게 해서라도 진의 마음을 알고 싶었다. 어쩌면 흔적을 남겨두었는지도 모른다. 나에게 보내는 증표 말이다. 그걸 찾고 싶었다. 진이 나에게 하려고 한 이야기 말이다.

나는 이야기와 삶 속에 빠져들기 시작했다. 책 속에는 무한한 이야기가 있었고 이야기는 내 삶 속에 뛰어들었다. 나는 변하고 있었다. 실체가 명확하지는 않지만 변해가고 있다는 것만큼은 분명히 느낄 수 있었다. 나에게 찾아온 변화는 진이 나에게 남긴 진짜 선물이었다.

'모의 전투'를 시작하기에 앞서 오는 분주함, 또 그 속에서 오는 미묘한 긴장감이나 '이드'에 접속한 후에 얻어지는 안도감은 언제든지 죽음이라는 강박적인 불안과 함께 찾아온다. 습관은 몸에 각인되어 잊히지 않는다. 나에게 불안은 습관 같은 것이다.

나에게 말한다.

'저에게 허락하소서. 내가 바꾸지 못하는 것을 받아들이는 평정심과 내가 바꿀 수 있는 것을 바꾸는 용기와 늘 그 둘을 분별할 수 있는 지혜를…….. 준비됐어?'

「그래.」

'이드'가 대답한다.

작전 목표로 출제된 시험은 '지구연방'의 도시 안에 있는 민간비행선 격납고에 테러를 일으킨 '자유연합'의 은신처를 찾아내 파괴하고 몹을 퇴치하는 것이다.

며칠 전, 도시에서 전대미문의 폭발사고가 일어났다. '자유연합'이 벌인 테러였다. 그 폭발로 5번 격납고가 흔적도 없이 사라졌고, 그곳에서 중고비행선 대여만 30여 년을 해온 기계 의족을 가진 거구의 중년 사내 역시 다른 수백여 명의 사람들과 함께 행방불명되고 말았다. 어쩌면 그 사내에게는 다행스러운 일인지도 모른다. 폭발 덕분에 술과 기름 없이도 먼 하늘까지 날아갈 수 있었을 테니까 말이다. 그에게 명복을…….

그 폭발이 내 마음을 아프게 한 이유는 도시에 테러가 일어나서도,

그 테러로 수백 명이 죽임을 당해서도 아니다. 내 마음이 아픈 이유는 단지 그곳이 진을 추억하게 하는 특별한 장소였기 때문이다. 진의 흔적 하나가 그 폭발과 함께 영원히 사라져 버린 것이다. 도시에서는 나에게 의미 있는 것들이 하나둘 자취를 감추고 있었다. 나의 도시에서는……

「가자! 이드!」

나는 수송선에서 착지 예상 지점으로 뛰어내렸다. 공중에 부양한 순간 무중력의 체감이 그대로 전해졌다.

"왜 매번 강하해야 하는 걸까?"

나는 허공에 있는 이 느낌이 싫었다. 진은 강하를 끔찍이도 싫어했다.

"1클랜, 통신 채널을 확인하고 보고하라."

클랜 전원이 하얀 숲 위에 착지하자 이안 선생님이 통신 채널에 접속했다.

"이상 없음."

아이들의 복창이 통신 채널을 타고 메아리쳤다.

"전방에 플라즈마 폭탄이 투하될 것이다. 하얀 숲에 구멍이 생기면 모두 아래로 내려가 작전을 수행한다."

이안 선생님이 작전 계획을 설명했다.

플라즈마 폭탄은 폭발 뒤에 거대한 플라즈마 장벽이 생기는 특수한 폭탄이다. 플라즈마 장벽이 저절로 사라지기 전까지 밖에서 안으로 들어갈 수도 없고 안에서 밖으로 나올 수도 없다. 누구도 빠져나갈 수 없는 고립된 작은 세계가 만들어지는 것이다. '자유연합' 몹이 전멸하기 전까지 플라스마 장벽은 사라지지 않을 것이다.

잠시 뒤, 전방 50여 미터 앞에서 폭발음과 함께 섬광이 일더니 물안개가 피어올랐다. 플라스마 장벽이 생기기까지 5분 남짓. 그 전에 하얀 숲 구멍 안으로 뛰어 내려가야 한다.

나는 도약을 시작했다. '이드'가 곤충 떼처럼 하얀 숲에 생긴 구멍 안으로 빨려 들어가는 사이, 하늘에는 옅은 무지개가 떠올랐다. 눈물 나도록 아름다운 풍경이었다.

'자유연합'의 은신처, 오늘의 작전 구역은 무모한 일탈을 꿈꾸던 아이들의 기억, 즉 우리의 증언을 토대로 만들어진 맵이다. 외계 식물에 기생하는 '고기'들, 지구의 나무, 사람들이 살던 집, 진이 고양이를 쓰다듬던 광장 한구석, 내가 머물던 숙소.

믿어지지 않았다. 아니 믿을 수가 없었다. 모든 게 너무나 사실적이었다. 빌어먹을!

우리는 하얀 나무의 수액을 흥건히 뒤집어쓴 채로 시뮬레이션 게임 속 '자유연합' 몹을 살육하기 시작했다.

총알에 맞을 때마다 하얀 나무들은 수액을 내뿜으며 검게 변해갔다. 물안개는 점점 굵은 빗방울로 바뀌었고, 땅은 질척거리기 시작했다. 이대로라면 총에 맞아 죽을 확률보다 물에 빠져 죽을 확률이 더 높을 것 같았다.

나는 레벨 올리기는 안중에도 없었다. 내게는 그보다 더 중요한 일이 있었다.

나는 무언가를 찾고 있었는데, 사실 그게 무엇인지는 몰랐다. 내가 찾고 있는 것은 의혹이 사실이 아니라는 것을 증명할 만한 어떤 증표 같은 것이었다. 아무것도 확신할 수 없었기 때문에, 의혹이 사실이면 어쩌나 하는 두려움이 나를 불안에 떨게 했다. 그래서 혼자만의 착각 또는 망상이었다는 것을 증명할 수 있는 무언가를 꼭 찾아야만 했다. 찾지 못한다면 아마 나는 미쳐버릴지도 몰랐다. 그때, 시야 먼 곳에 낯익은 형체 하나가 들어왔다. 나에게서 진을 빼앗아 간 자였다. 진에게 책을 준 자!

나는 몇 번을 도약한 끝에 그의 앞을 가로막고 그에게 스마트소총을 겨누었다.

이런! 그는 혼자가 아니었다. 한 아이를 안고 있었다.

젠장! 난 이제 아이들이라면 진절머리가 났다.

노인은, 아니 그 몹은 내 눈을 주시한 채 품에 안고 있던 아이를 천천히 내려놓았다. 아이가, 아니, 아이 몹은 그 몹……. 제기랄!

노인의 옆에 나란히 선 아이의 품에서 무언가 꼼지락거리는 게 보였다. 나는 내 눈을 의심하지 않을 수 없었다. 아이가 고양이를 안고 있었기 때문이다.

애완동물! 이곳에 애완동물이 있다는 것까지 스캔한 건가? 어린아이나 애완동물이 '모의 전투'에 꼭 나와야 할 필요가 있는 걸까? 단지 시뮬레이션 게임일 뿐인데? 혹시, 유저의 초자아를 예측하기 위한 테스트 상황이라면?

그래, 가능하다. 또다시 나를 함정에 빠뜨리려는 것이다. 안도의 한숨이 절로 나왔다.

아이가 애절한 눈빛으로 노인을 바라보았다. 노인이 고개를 주억거렸다. 허락이 떨어지기라도 한 듯이 아이는 가던 방향으로 냅다 달리기 시작했다. 아이가 향하는 곳은 하얀 숲 경계였다. 나는 애완동물을 안고 가는 아이를 죽이고 싶지는 않았다.

노인은 내가 총을 쏘지 않으리라는 것을 알고 있었던 모양이다. 노인은 미동도 하지 않은 채 나를 노려보았고, 나 역시 미동도 하지 않은 채 아이에게로, 또 노인에게로 시선을 옮겼다.

없다! 섬광처럼 끔찍한 생각이 뇌리를 스쳤다. 시뮬레이션 게임 '모의 전투'에 아이와 애완동물이 나올 이유가 없다. 주임 선생님은 유저의 초자아를 예측하는 테스트는 없다고 말했다. 전략 전술을 수립하는데 방해만 될 뿐이라고! 게다가 노인은 아이들을 전쟁터에 보내지 않는다고 말했다. 그러니 '모의 전투'에도 아이들이 있어서는 안 되는 거다. 그게 맞는 거다.

'그럼, 여긴 도대체 어디지?'

헉! 숨이 탁 막혀왔다. 머리카락이 곤두섰고 심장이 무섭게 뛰기 시작했다. 등줄기로 식은땀이 쏟아져 나왔다. 두려움이 엄습해 와서 노인의 눈을 똑바로 바라볼 수가 없었다.

나는 노인과 눈을 마주치지 않으려고 고양이를 품에 안고 달리는 아이를 시선으로 뒤쫓았다. 아이가 향하는 숲의 경계에는 한데 모여 있는 몇몇 사람이 보였는데, 여자 하나가 표적이 될 위험을 무릅쓰고 아이에게로 달려 나왔다. 아이는 그대로 여자의 품에 와락 안겼다.

이럴 수가! 진!

타앙!

"가인아! 너 나한테 또 신세 졌다."

닉의 목소리가 나를 뒤흔들었다. 내 하늘이 무너져 내렸다.

재빨리 시선을 노인에게 돌렸다. 노인이 쓰러진 땅 위에는 핏물이 흥건히 고여 있었다.

개자식! 부아가 치밀어 올랐다. 그러나 나는 닉을 원망하면 안 된다. 사람을 죽인 것이 닉의 탓은 아니기 때문이다. 나는 닉이, 또 아이들이 더는 사람을 죽이지 못하도록 말려야 했다.

"닉. 사람들을 쏘면 안 돼!"

나는 닉과의 교신을 개인 통신으로 바꿨다.

"무슨 소리야? 네가 낙제한다고 나까지 낙제하기를 바라는 거냐?"

"여기는 가짜가 아니야. 진짜라고!"

닉에게서 아무런 답변도 들려오지 않았다.

나는 태웅과 유현, 그리고 애리와 아미에게도 똑같은 메시지를 전송했다.

아이들 모두 개인 통신에 접속했다.

"가인아. 정신 차려! 이건 모두 허상이야. 실제가 아니라고."

태웅이 말했다.

"맵 어딘가에 나나 너도 있을 거다. 몹으로 말이야."

유현이 비아냥댔다.

"우리 중에 나처럼 생긴 몹 본 사람 있어?"

누구도 대답하지 않았다.

"너희들도 이곳에 왔었잖아. 그런데도 진짜인지 가짜인지 모른다는 거야?"

"시뮬레이션 게임이 아니라 실제라고? 너, 네 말을 증명할 수 있어?"

닉이 물었다.

"진이 있어! 진이 여기에 있다고!"

나만이 진이 '자유연합'에 온 것을 알고 있다. 오직 나만이!

"너 아직도 진 타령이냐?"

태웅이 못마땅한 듯이 말했다.

"좋아. 너희들 각자가 믿는 대로 해. 하지만 이곳에 진이 있다는 것만 명심해 둬."

교신을 끊는 수밖에 달리 방법이 없었다.

외부 통신 채널로 변경하자 커뮤니케이션 통합 기능이 해제되었다. 클랜원과의 소통할 수 없어지는 대신 전장의 소음이 생생하게 들려온다. 또다시 고립되는 것이다.

달리기 시작한 나는 빗발치는 총격을 뚫고 몇 번을 도약한 끝에 하얀 숲 경계에 다다랐다. 그곳에 진이 있었다. 아이들과 함께.

나는 진의 앞을 가로막고 소리쳤다.

"진! 나야."

내 목소리를 듣지 못했는지 진은 잠시 멈칫하더니 곧바로 나를 조준했다.

"안 돼!"

진의 스마트소총이 불을 뿜었다.

몸을 한껏 움츠리고 팔로 얼굴을 가리며 내 '이드'에 가해지는 총격을 막았다. 한곳에 집중된 총알이 살을 뚫고 근육을 파고들며 뼈마디를 찔렀다. 우두둑하는 소리와 함께 뼈가 부러지는 것을 느꼈다.

"악!"

여과 없이 고스란히 전해지는 아픔. 마음 깊은 곳에서부터 분노가 치밀어 올랐다. 문득 '이드'가 본능을 발휘하면 어쩌나 하는 걱정이 들었다. '이드'의 본능을 제어하지 못하게 되면 진에게 나쁜 일이 벌어질지도 모른다.

나는 '이드'의 본능과 충동적 욕구를 막기 위해 필사적으로 정신을 집중했다. 그리고 가까스로 '이드'의 본능을 막았다. 초자아가 발현된 것이다.

13 죽은 이의 대변인

공격 의사가 없다는 것을 깨달았는지 진이 총격을 멈추었다.

나는 욱신거리는 팔을 내렸다.

"진!"

진과 시선이 마주쳤다. 진은 내 '이드'를 아니, 나를 빤히 쳐다보았다.

"너, 가인이니?"

진은 분명히 나를 알아보았다.

"그래, 나야……."

진이 웃었다. 그리고 말했다.

"네가 올 줄 알았어."

가슴이 쿵쾅거리며 뛰기 시작했다. 진의 웃음 뒤에 감춰진 공허한 눈빛. 그 눈빛이 마음을 아프게 했다. 갑자기 화가 치밀어 올랐다.

왜 우리가 서로에게 총을 겨누고 있어야 하는 거지? 누가 우리를 이렇게 만들었지?

우리가 이렇게 마주 보며 서 있는 이유를 도무지 알 수 없었다.

"너 진짜야? 아니면 허상이니?"

내 입에서는 엉뚱한 말이 튀어나왔다.

하고 싶은 말은 그게 아니었다. 보고 싶었다고 말하려고 했는데 왜 그런 말을 했을까? 아니, 나는 알고 있다. 진에게 상처를 주고 싶었다. 내가 받은 상처만큼, 어쩌면 그 이상을 되돌려주고 싶었다. 진 때문에 내 세계가 더는 온전할 수 없게 되었다는 것을 깨달았으니까. 내가 믿고 있던 세계가 모두 가짜였다는 것을 알았으니까. 인정하고 싶지 않은 진실을 인정할 수밖에 없게 되었으니까.

"너 같은 건, 만나지 말았어야 해."

결국, 난 울음을 터트리고 말았다.

"너 누구야? 도대체 정체가 뭐냐고?"

고래고래 소리를 지르는 내 눈에서는 하염없이 눈물이 흘러내렸다.

"왜 우니? 바보처럼."

진이 말했다.

"거짓말하지 마. 넌 내 눈물이 보이지도 않잖아!"

진의 눈가가 촉촉이 젖어 들고 있었다. 저러다 왈칵 터져 나올지도 모른다. 그때, 그날처럼……

난 손수건을 건네줄 수도 없는데. 손을 잡아주지도, 어깨를 다독여주지도, 꼭 껴안아 줄 수도 없는데.

"울지 마. 그러니까. 절대!"

내 말에 진은 눈가를 쓰윽 훔치며 대답했다.

"너와 나는 똑같아. 우린 불량품이야."

불량품! 내가 그 말을 얼마나 간절히 듣고 싶었는지 모른다.

"보고 싶었어. 진…….."

일순간 진의 표정이 굳어졌다.

불길한 예감이 드는 것과 동시에 '이드'의 본능이 경계 신호를 보냈다. 갑자기 진의 모습이 사라지고 '이드'의 뒷모습이 시야를 가득 메웠다. 가슴이 철렁 내려앉았다. 그런데도 '이드'의 본능은 아무런 조치도 취하지 않았다.

픽! 하고 무언가를 내리치는 둔탁한 소리가 들렸다. 시야를 막고 있던 '이드'가 뒤를 돌아보았다. 2길드장인 주임 선생님이었다.

"학생은 지금 뭘 하고 있나?"

진이 보이지 않았다. 나는 가까스로 주임 선생님의 '이드'를 밀치고 진을 찾았다.

진은 5미터쯤 벗어난 뒤에 누워 있었는데, 마치 찢어진 종이 인형처럼 보였다.

온몸의 피가 거꾸로 솟구쳐 오르는 느낌이 들었다. 내 머릿속이 온통 붉은 피로 꽉 채워지는 것 같았다.

"진!"

나는 한 걸음도 움직일 수 없었다. 다가가고 싶었지만 진을 보기가 무서웠다.

"몹 하나 죽일 배짱도 없는 놈."

"진을 죽였어…….."

자아가 혼돈을 느끼는 사이 내 본능, '이드'가 폭주하고 있었다.

"너처럼 감상에 빠진 한심한 놈들 때문에 지구연방이 외계로부터 끊임없이 위협을 받는 거다. 쓸모없는 놈들."

"당신이 진을 죽였어!"

'이드'가 제멋대로 움직이더니 주임 선생님 앞으로 다가가기 시작했다.

"멈춰! 다가오지 마! 너 뭐 하는 녀석이야!"

주임 선생님은 방어 자세를 취하며 스마트소총으로 나를 조준했다.

"제기랄! 넌 퇴학이다!"

방아쇠를 당기려던 찰나, 불시에 날아온 일격이 주임 선생님의 복부를 강타했다.

"킥!"

주임 선생님은 외마디 신음을 내뱉으며 무릎을 꿇었다.

닉이 전송한 문자 메시지가 시야 하단에 떠올랐다.

「아무래도 내가 꼭 네 보호자인 것만 같다.」

흥. 웃기는 소리!

내 이성을 마비시킨 것은 분노가 아니었다. 오히려 그 반대였다. 나는 냉철했고 그 어느 때보다도 평정심을 유지하고 있었다.

나는 단검을 뽑아 들고 내 앞에 무릎 꿇고 있는 '이드'를 사정없이 내리찍었다. 흉갑이 부서지는 소리가 들렸지만 멈추지 않았다. 단검이 부러지자 손날로 내리쳤다. 손가락이 부러졌지만 개의치 않았다. 부러진 손가락이 짓이겨졌지만, 고통은 없었다. 내 손은 '이드'의 흉갑을 뚫고 들어갔다. 몸에서 피가 내뿜어져 나왔고, 짓이겨진 내 손은 피에 흠뻑 젖어있었다.

"이게 뭐야?"

손끝에 무언가가 잡히자 움켜쥐고 힘껏 잡아당겼더니 진득한 액체와 함께 기다란 무언가가 따라 나왔다. 척추?

"빌어먹을! 왜 여기에 이런 게 있는 거야? 왜?"

나는 손아귀에 힘을 쥐어 척추를 끊어 버렸다. 그 순간, '이드'와의 접속이 강제 종료되었다.

기억이 실마리가 되어 모든 의혹을 하나, 둘 벗겨냈다. 가슴 한구석이 뻥 뚫린 것 같은 느낌이다. 휑한 구멍으로 시린 바람이 지나간다. 그 바람 때문에 가슴이 아리다.

자꾸만 잃어버리는 것들이 생긴다. 교체가 아니면 복원하기 힘들 정도로 부상이 심각했다. 손가락뼈가 모두 짓이겨졌고 팔도 부러져서 기계 의수를 달아야 할 판이였다.

의사의 말로는 가상세계의 고통이 현실 세계의 신경계에 충분히 영향을 미칠 수 있다고 한다. 30년 뒤, 나는 술과 기름 없이는 아무것도 손쓸 수 없는 처지가 될지도 모르겠다. 젠장!

내가 병원에 입원해 있는 사이 학교에서는 또다시 상벌위원회가 결성되었다. 채 한 달도 안 돼서 2번씩이나 상벌위원회가 결성되는 초유의 사건이 벌어진 것이다.

크게 다친 주임 선생님은 당분간 학교에 나오지 못할 것 같다고 했지만 내 생각은 다르다. 주임 선생님은 아마 영원히 나오지 않을 것이다.

닉은 학교 상벌위원회에서 주임 선생님을 위협하는 나를 쏘려고 했는데 빗나갔다고 진술했다. 위기에서 빠져나가는 데는 도가 튼 녀석이다. 게다가 의리도 있고 말이다. 자신을 지킬 줄 아는 닉이 정말 고마웠다. 그나저나 나는 닉을 다시 만날 수 있을까?

　문병을 온 아빠는 낙제해서 1길드로 내려가는 것보다 정신교육을 받는 게 좋을 것 같다고 말했다. 나는 싫다고 대답했다.

　"왜 그랬니?"

　아빠가 넌지시 물었다.

　"나는 사람을 죽였어요."

　"그렇지 않아. 단지 시뮬레이션 게임일 뿐이야."

　아빠가 그런 말을 하다니! 내 죄책감은 안중에도 없는 것일까?

　"아빠. 속이려고 하지 않으셔도 돼요. 저, 이제 다 컸어요. 그 정도 사리 분별은 할 줄 아는 나이라고요."

　아빠가 말없이 고개를 떨어뜨렸다.

　"누구나 세상을 바꿀 수 있는 건 아니야."

　아빠가 나지막이 말했다. 자신 없는 목소리로, 혼잣말을 중얼거리듯이.

　"모르겠어요. 할 수만 있다면, 시도는 해보고 싶어요."

　"네가 무언가를 바꾸길 원한다면, 먼저 너 스스로를 바꾸어야 해. 그런 고통을 감수하고 다른 길을 선택할 이유가 없잖니."

　"아빠는 제가 비겁해지기를 바라세요?"

　"아무도 널 겁쟁이라고 말하지 않아."

　내가 따져 묻자 아빠가 대답했다.

　"솔직하게 말씀해 주세요. 왜 우리를 속인 거예요? 정부가 아빠에게 어떤 제안을 한 거죠? 아빠가 동의한 정부의 제안이 대체 뭐예요?"

　아빠는 깊은 한숨을 내쉬었다. 그리고 천천히 입을 열었다.

"자식 잃은 부모가 할 수 있는 최고의 선택이었어. 죽은 자의 대변인이 인류의 수호자 역할을 맡게 되는 거야. 고마운 일이지. 자식을 볼 수 있는데 어떤 부모가 그걸 마다하겠니?"

아빠가 솔직하게 말해줘서 고마웠다.

"그렇군요. 그럼, 나는 아빠한테 뭐죠?"

"너는 내 아들이야."

"죽은 아들이요?"

아빠는 고개를 숙인 채 아무런 대답도 하지 않았다.

아무도 내 안부를 묻지 않았다.

"내가 어떻게 지내는지 왜 아무도 궁금해하지 않지? 어째서? 그토록 많은 시간을 함께 보내며 우정을 쌓아왔는데? 나와 함께 보낸 그 시간이 의미가 없었나? 누구도 그날들을 기억하지 않는단 말인가? 왜? 나는 이렇게 기억하고 있는데……."

누구도 내 안부를 묻지 않았다. 그래서 죄책감이 밀려들었다.

내가 뭘 잘못했나? 내가 그들을 배신했나? 아니면 그들과의 인연을 놓아버렸나? 내가 자초한 일이었나? 그렇다면 나는 무엇을 잘못하고 있는 걸까?

고립감. 이런 기분, 전에도 느꼈던 적이 있다. '모의 전투'에서 잠시나마 시력을 잃었을 때. 그때 내 곁에는 아무도 없었다. 지금처럼…….

내가 퇴원하기만을 손꼽아 기다린 것은 가족도 친구도 아니었다. 나를 기다려 주고 누구보다 반갑게 맞아 준 것은 학교의 상벌위원회였다. 나를 끔찍이도 생각해주는 사람이 있다는 게 가슴 벅찼다.

'지구연방'의 도시 관리국 관계자들이 모두 모인 가운데 나에 대한 심문이 진행되었다. 상벌위원회의 관계자들은 나같이 평범한 아이가 어쩌다 이런 일에 얽히게 된 건지 도무지 믿기지 않는다고 수군거렸다.

평범한 아이? 그 평범함의 기준은 대체 어떤 것일까? 평범함이라는 것이 누군가를 규정하고 판단하기 위한 잣대라면, 나에게 평범함은 정말이지 어려운 일이 될 것이다.

이안 선생님은 나에게 관심 대상 목록의 제일 첫 번째에 내 이름이 올라갔다고 말해 주었는데, 그 얘기를 듣고 뛸 듯이 기뻤다. 내가 무언가에서 일등을 했다는 게 내심 뿌듯하고 대견하게 느껴졌기 때문이다. 그렇다. 난 평범한 아이인 것이다!

"선생님. 저 아이가 얼마나 알고 있나요?"

교장 선생님이 교감 선생님에게 느릿느릿 물었다.

"접근 불가한 최고위급 정보까지 노출이 된 것 같아요. 게다가 책을 들여왔군요."

그러자 교감 선생님이 느릿느릿 대답했다.

"쯧쯧. 구제 불능이로군요. 불법이라는 불법은 모두 자행하고 다니니……."

나는 아무 말도 하지 않았다.

"넌 낙제야. 기억을 제거당하고 1길드로 내려가게 될 거다. 하고 싶은 말이 있니? 하고 싶은 얘기가 있다면 변론의 기회를 주마."

교장 선생님이 또다시 느릿느릿 말했다.

"나는 학교에 다니고 싶지 않아요."

나는 노인들이 내 말을 잘 못 알아듣기라도 할까 봐 큰 소리로 말했다.

"얘야. 네게는 결정권이 없어. 그리고 귀 따가우니 좀 작게 얘기하렴."

"나는 나쁜 아이예요. 너무나 많은 사람을 죽였어요. 나는 살인자예요."

관계자들의 따가운 시선이 일제히 나를 쫓았다. 마치 나처럼 평범한 아이는 한 번도 본 적이 없다는 듯이 말이다. 한꺼번에 이렇게 많은 시선을 받아 본 일이 없던 터라 왠지 모르게 부끄러웠다.

"살인자라는 말은 네가 자신에게 할 말이 아닌 것 같구나. 너는 인간으로 규정할만한 중요한 근거 한 가지를 가지고 있지 않으니까."

죽은 자의 기억으로 살아가는 유령은 존중받지 못하는 걸까?

"내가 죽은 자의 대변인이기 때문인가요?"

"음. 그러니까 너를 인간으로 규정짓기에는 부족한 점이 있단다."

한참을 뜸을 들이는가 싶더니 교장 선생님은 천천히 말을 이었다.

"어린 시절에 부모를 통해 내재화된 윤리나 사회적인 관습, 문화적 규범을 초자아라고 하지. 그런데 네게는 어린 시절이 없지? 결국, 네게는 초자아가 없다는 거고, 그래서 인간으로 규정하기가 부적절하다는 거야."

그의 말은 위안도, 죄책감을 덜어주지도 못했다. 그저 양심의 가책을 느끼지 말고 계속해서 사람을 죽이라는 말과 다름없기 때문이다.

"나는 기억해요. 내 동생, 엄마, 아빠."

그러나 내게는 어린 시절의 기억이 존재하지 않는다.

"모두 조작된 기억일 뿐이지."

교장 선생님이 느릿느릿 답해주었다. 속 터져 죽을 지경이었다.

"내 이드는요? 이드도 나와 같나요? 말해 주세요. 어차피 다 지워버릴 거라면 말해줘도 되잖아요."

내 말에 상벌위원회의 관계자들이 웅성거리기 시작했다. 말을 해줘야 할지 어쩔지 고민이 되는 모양이었다. 잠시 뒤, 소란이 잦아들자 교장 선생님이 운을 뗐다.

"자아와 이드는 똑같은 DNA로 만들어낸 형상이란다."

짐작했던 그대로였다. 갑각 안에 뇌와 척추, 신경세포가 있는 생체병기 '이드'. 연약한 인간의 몸을 가진 나. 우리는 단지 생김새만 다를 뿐, 동일한 DNA 구조를 가진 쌍둥이 형제였다.

"나는 대체 뭐죠?"

"너는 시스템의 일부란다. 이드라는 인류의 새로운 종을 완성하기 위한 과정 말이야."

"그러니까 내가 가짜였군요."

진짜는 내가 아니라 '이드'였다. 이제껏 내가 진짜인 줄 알았는데, 사실은 '이드'를 위한 꼭두각시에 불과했다. '이드'를 구성하는 부속품 말이다. 난 정말 불량품이었다.

"아이야. 실망할 것 없단다."

교장 선생님은 내게 위로의 말을 건넸다.

그 정도로 실망할 리가! 초자아가 없어서, 결과가 아닌 과정이기 때문에 인간으로 규정 받지 못하는 내가 무슨 자격으로 실망을 한단 말인가!

'이드'가 새로운 인류로 규정지어지는 것은 어쩌면 가능한 일일지도 모르겠다. 인간을 인간답게 하는 것이 결코 외모만이 아닐 테니까.

"언젠가 인류에게는, 외계의 위협으로부터 인류의 유전자를 지키기 위해 종을 변형해야 하는 날이 오게 될 거야. 우리는 그날을 준비하고 있는 거란다."

눈을 지그시 감은 채 말을 잇는 교장 선생님의 목소리에 회한이 묻어나왔다.

"물론, 인간의 본성을 바꿀 수는 없어. 하지만 인간이라는 종 자체는 개조할 수 있지. 인류가 진보하게 되는 거야. 그러니 걱정할 것 없단다. 우리의 믿음은 과학적 진리에 근거하고 있으니까."

노인의 노파심이란! 나는 지금까지 한 번도 저런 쓸데없는 걱정을 한 적이 없다. 게다가 지금 막 알게 된 사실인걸! 그리고 인간은 결코 개선할 수 있는 종류의 대상이 아니다.

"인간의 신체를 개조하는 게 진보라고요?"

순전히 어이가 없어서 한 말이었다.

"인간의 진보는 신체가 아닌 정신에서 이루어지는 거래요. 사회의 모순을 개선하려는 의지, 문명을 발전시키는 인간의 정신 말이에요."

"허허. 불필요한 책을 너무 많이 읽었구나. 책은 네 머릿속을 혼란스럽게 만들 뿐이지."

아! 그런지도 모르겠다. 그래서 빈약한 논리를 수긍하지 못하는지도 모르지.

"아이야. 그럼, 한 가지만 물어보자. 현대인들이 고대인들보다 더 진보했다고 말할 수 있겠니?"

나는 아무런 대답도 할 수 없었다.

역사는 왜 반복되고, 인간은 왜 더는 진보하지 않는 걸까? 본능이 정신의 진보를 가로막기 때문일까?

"우리는 완벽한 생명체로서의 인간을 꿈꾸어왔어."

인류의 새로운 종을 만드는 게 우리의 꿈이었다고? 그건 그들의 꿈이지 내 꿈이 아니다. 지금까지 나는 그들과 똑같은 꿈을 꾸기를 강요받아왔다. 그들이 다른 사람의 꿈과 미래를 결정할 권리는 없다. 진은 그것을 깨달은 것이다.

"이드는 완전무결한 생명체야. 인간은 감정과 본능에 얽매여 살아가면서도 초자아라는 형이상학적인 관념을 내세워 자신을 스스로 옥죄고 있지. 복잡하고 한심한 족속이야. 그러나 이드는 본능과 욕망에 충실하므로 순수한 존재지. 온 우주에서 모든 종이 사라져도 이드만은 절대로 사라지지 않을 거야. 그 말은 곧 인류의 DNA가 살아남는다는 뜻이란다. 진화된 인류, 포스트휴먼으로써 말이지."

그들은 자기 창조물인 나와 '이드'를 매우 자랑스러워했고 또 만족해했다.

"너희들은 어떤 것에도 구속받지 않아. 심지어 시간을 지배하는 날이 올 거다."

"인류는 벌을 받을 거예요."

나는 확신에 찬 어조로 말했다.

나는 내가 그들의 꼭두각시라는 사실이 절망스럽지 않았다. 오히려 그들과 다르다는 것이 다행스러웠다. 내 눈에는 그들이 그저 시간의 노예가 되어버린 가련한 노인일 뿐이었으니까. 그들은 자신이 꿀 수 있는 최고의 꿈을 꾸는 것이다.

신을 흠모하는 인간은 끊임없어 신의 마음을 탐구한다. 인간에게는 창조를 가능하게 만드는 원천인 상상력과 호기심이 본능처럼 내재 되어있다. 그러니 창조란 어쩌면 신을 닮고자 하는 인간의 욕망일지도 모른다.

'초자아'는 인간의 호기심을 제한된 범위 안에 구속하는 역할을 한다. 그러나 인간의 '이드', 즉 욕망은 신을 닮아가려는 노력을 멈추지 않을 것이다. 그리고 언젠가는 신이 되고자 할 것이다. 그로 인한 갈등, '초자아'와 '이드'의 싸움에 '자아'는 결국 굴복하게 될 것이다. 그것이 신을 닮은 인간에게 주어진 굴레니까.

"넌 낙제다. 알겠니?"

교장 선생님이 느릿느릿 말했다.

나는 이제 낙제가 어떤 의미인지 잘 알고 있다. 나는 기억을 제거당할 것이다. 기억을 제거한다는 것은 내 머릿속에서 추억을 지워버린다는 뜻이다. 진과의 추억이 내 머릿속에서 송두리째 사라져버린다는 뜻이다. 익숙했던 것들이 내 곁에서 하나, 둘 떠나버린다는 뜻이다.

모두 떠나고 나면 내 곁에는 무엇이 남을까? 나는 내가 누군지 알기나 할까? 나 자신을 설명할 수 있을까?

점점 의식이 희미해져 간다. 이 기분은 뭘까? 상실감?

친구들이 그리웠다. 싫어한 친구, 미워한 친구도 있었다. 가까이한 친구, 멀리한 친구도 있었다. 알려고 하지 않았던 친구, 일부러 무관심하게 대했던 친구도 있었다.

아! 진도 그중 하나였지. 나중에는 후회했지만…….

지난 시간을 돌이켜 보니, 모든 것이 아름다웠다. 그리고 아무것에도 상처받지 않았다.

지금은 모든 게 그립다.

그 녀석들이 보고 싶다.

진이 너무나 보고 싶다…….

에필로그 ; 이드가인

눈을 떠보니 누나 침대였다. 깜빡 잠이 든 모양이었다.

얼핏 한참 동안 울었던 기억이 났다. 그런데 왜 눈물이 난 것인지는 나도 잘 모른다. 한순간 까닭 모를 슬픔이 엄습해왔다. 외상 후 스트레스 장애로 인한 후유증일지도 모르겠다.

너무 많이 울어서 기력이 바닥난 탓인지, 일어나려고 하는데 몸이 제대로 따라주지 않았다. 나는 침대에 걸터앉아 방안을 멀거니 바라보았다.

책상 위에 놓여 있는 액자 하나가 눈에 들어왔다. 액자 안에 담긴 사진 속에는 10살쯤 먹은 남자아이가 8살쯤 되는 여자아이를 안고 있었다. 나와 내 동생 가희였다. 가희는 좀 더 성숙해졌을 뿐, 어린 시절의 얼굴이 지금도 고스란히 남아 있었다.

"내 동생 가희라고? 그럴 리가! 내가 가희 누나의 남동생이잖아!"

왜 그런지 모르지만, 사진을 본 순간 나는 가희 누나를 내 동생이라고 착각했다.

"저 사진 속 남자애는 내가 아닌가? 그럼, 저건 누구지? 나에게 형이

191

있었나?"

누군지 기억나지 않았다. 순간 머릿속이 뒤죽박죽 해지며 의혹이 일기 시작했다.

내 기억이 맞는다면 사진 속 남자애는 내가 맞다. 가희 누나에게 오빠가 있다면, 나에게도 형이 있다는 말이 된다. 그러나 내 기억 어디에도 형의 존재는 없었다.

어떻게 이런 일이 있을 수 있는 거지?

나에게 벌어지고 있는 모든 일이 새삼 비현실적인 것처럼 느껴졌다. 잠시 내가 인지하던 현실에서 벗어나 내가 알지 못했던 또 다른 현실을 경험하는 것 같은 낯섦이 밀려왔다. 낯선 장소, 낯선 시간 속에 발을 잘못 들여놓은 것 같은 느낌. 미리 예견하지 못한 순간을 맞닥뜨리며 당혹스러움을 느끼는 것처럼 말이다. 오늘 겪은 일련의 시련들이 현실 감각을 무디게 만들었는지도 모르겠다. 도대체 지금 무슨 일이 벌어지고 있는 걸까?

무의식 저 먼 곳에서부터 무언가 스멀스멀 기어 나오는 게 보였다. 나는 그것을 자세히 보려고 눈을 크게 떴다. 그것은 뿌옇게 보이는 형체였는데, 나에게 점점 다가오며 뚜렷한 형상이 되었다. 그 형상은 남자아이였다. 남자아이는 어른이 되었다가 다시 노인이 되었다. 노인은 몹이 되었다. 그리고 '이드'가 되었다. '이드'는 다시 여자로, 또다시 진으로 바뀌었다.

진은 나에게 이런 말을 했었다.

"동생이었어. 내 기억에는. 그런데 동생이 아니라 오빠가 있는 거야."

가희 누나에게는 오빠가 있다. 그런데 나에게는 형이 없다. 나는 가희 누나를 내 동생으로 착각했다. 사진 속 남자애가 내가 맞는다면, 나는 분명히 가희의 오빠다. 그러므로 나에게는 누나가 없어야 한다.

"그래 맞아. 가희가 내 동생이야!"

한순간 사라진 기억이 한꺼번에 쏟아져 들어왔다. 머릿속이 터질 것만 같았다. 나는 머리를 쥐어뜯으며 몸을 비틀었다. 모든 게 다 기억났다. 모두다. 젠장! 나는 진짜 유령이었다.

나는 내 방으로 돌아오자마자 텔레프레전스 커뮤니티에 접속했다. 무언가를 찾아야 한다는 맹목적인 이유에서였다. 그리고 보관함에서 열어보지 않은 호출 메시지를 하나 찾았다. 디지털로 재구성된 그가 홀로그램으로 나타났다.

"나는 당신이 누군지 알아요. 비겁하게, 거짓 세상에 숨어 있군요."

"그럴지도 모르지."

나는 그를 한눈에 알아보았다. 얼굴에 깊게 팬 계곡 같은 주름, 나무껍질 같은 거친 피부. 그에 대한 내 마음은 분노도 냉소도 그 무엇도 아니었다. 그냥 아무것도 아니었다.

"당신, 유령이죠?"

"그래. 난 이미 4년 전에 죽었지. 내 모습은 그가 남긴 마지막 기억이야."

벌써 시간이 그렇게 지난 건가?

믿어지지 않았지만, 사실일 것이다. 내 동생 가희의 나이가 내 나이보다 더 많아졌으니까. 죽은 자는 거짓말을 하지 않는 법이다.

텔레프레전스 커뮤니티의 가상세계에는 얼마나 많은 유령이 돌아다니고 있는 걸까? 어쩌면 지구상의 모든 인류를 합친 것보다 많을지도 모른다. 게다가 유령은 가상의 공간뿐 아니라 내가 현실이라고 믿는 이곳에도 존재한다. 나 역시 실존하는 유령이니까.

"왜죠?"

머릿속에 맴도는 질문은 오직 하나뿐이었다.

"너라면 내 이야기를 들어줄 거로 생각했다."

그가 말했다.

"아니요. 내 질문은 그게 아니에요."

그와 대화를 이어나가기 위해 치밀어 오르는 화를 애써 억누르며 마음을 다잡았다. 기억으로만 존재하는 그에게 원하는 답을 구하기가 불가능한 것처럼 느껴졌기 때문이다.

"무슨 이야기요? 당신이 말하는 진실이요? 거짓 세상에 숨어서 진짜 세상을 바꾸려고 하는군요."

그는 아무런 대답도 하지 않았다.

"진한테도 이렇게 한 건가요?"

"진은 특별한 아이지."

그가 말했으나 여전히 내 질문에 대한 답은 아니었다.

"당신들 때문에 진이 죽었어요."

끓어오르는 화를 참으려고 했는데 무심결에 속내를 비치고 말았다.

"그 일은 유감이다."

"이 모든 게 당신들 계획이었던 거죠? 왜 하필 나예요?"

나에게는 그의 대답을 기다려 줄 만큼의 인내가 남아 있지 않았다. 나는 그저 원망할 대상이 필요했을 뿐이다.

"그것참 아이다운 질문이구나. 같은 식으로 생각하면 왜 하필 우리지? 왜 하필 어떤 것이지?"

그는 대답할 틈도 주지 않고 말을 이어나갔다.

"왜라는 것은 없단다. 단지 이 순간이 존재하기 때문이지. 우리는 모두 자신이 할 수밖에 없는 일을 하는 것뿐이니까."

나는 곧 그의 말을 수긍했다. 의구심을 해소하기에 충분한 설명처럼 들렸기 때문이다. 그가 자신의 역할에 충실한 것처럼 나도 내 역할에 충실했을 뿐이다.

언제나 그랬던 것 같다. 그의 말처럼 누구나 자신이 할 수밖에 없는 일을 할 뿐이다.

나는 잠시 생각하다 다시 입을 열었다.

"언제부터예요? 그때, 우리가 진짜 여행을 계획하던 그때부터인가요?"

"미안하구나."

그가 미안한 표정으로 말했다. 정말 미안해하고 있는 것처럼 보였다. 그래서 미안하다는 말이 곧 긍정을 의미한다는 것을 알았다.

"세상의 모든 어른이 우리를 가지고 놀았군요."

"모두가 진과 너처럼 교감하지는 않아. 우리는 너에게 진실을 알려주고 싶은 거란다."

"진실이요? 그까짓 거 난 이제 관심 없어요."

난 아무도, 아무것도 믿지 않는다. 무엇이 옳은지 그른지, 또 무엇이 진짜고 또 무엇이 가짜인지…….

내가 사는 이 세계는 진짜 같은 가짜와 가짜 같은 진짜가 공존한다.

우리는 진짜와 가짜 세상에서 교감하고 경험을 하며 이야기를 만들어 간다. 한편으로는 진실이기도 하고 다른 한편으로는 거짓이기도 하지만, 오감으로 인지한 자극은 기억에 고스란히 남겨진다. 감각과 경험이 진실을 반영하므로 거짓 세상에서 만들어진 기억일지라도 진실이라고 말할 수 있다.

가짜와 진짜, 허상과 실상, 진실과 거짓, 죽은 자와 살아남은 자. 이 분법적인 잣대로 이 모든 것을 구분한다는 게 무의미한 짓이다.

"나는 네가 너답게 사는 것을 바란다. 오직 그것만이 진짜란다."

그가 말했다.

나는 딱히 할 말이 떠오르지 않았다.

"진이 네게 보내는 메시지다. 그동안 네가 접속하지 않아서 전해 주지 못했다."

영상 편지가 눈앞에서 재생되었다. 4년 전 '모의 전투'가 있기 바로 전날 진이 내게 보낸 영상 편지였다.

'자유연합'이 모여 사는 마을이 한눈에 들어왔다. 조금도 달라진 것이 없는 익숙한 풍경이었다. 나는 사람들 사이에서 진을 찾아보려 했지만 찾을 수가 없었다. 기억이 가물가물해서 진의 얼굴이 쉽사리 떠오르지 않았다. 어쩌면 눈물을 훔치던 마지막 순간의 모습만 기억하고 있어서인지도 모른다.

카메라의 시점이 두리번거리며 담으려는 피사체를 찾기 시작했다. 그리고 멀리에 있는 한 곳으로 시점이 앞당겨졌다. 그곳에 진이 있었다. 애완동물과 아이들 틈에 파묻혀서.

진은 아이들을 돌보고 있었다. 그토록 진절머리를 내며 싫어했던 아이들을, 오랜 전쟁으로 인해서 굶주려 있던 아이들을…….

아이들을 돌보는 진은 상냥해 보였고 또 행복해 보였다. 낯선 그 모습이 무척 아름다웠다.

무언가 재미있는 일이라도 있는지 진이 아이들 사이에서 활짝 웃었다. 진의 미소는 진득하게 가라앉은 텁텁한 공기를 한순간에 활기로 뒤바꾸어 놓을 만큼 맑았고 밝게 빛났다. 활짝 웃을 때마다 찡그려지는 미간도 변함없었다. 그리고 웃음 뒤에 여운처럼 남는 쓸쓸한 눈빛도…….

자신을 쫓던 카메라를 뒤늦게 발견한 모양인지 진이 이쪽을 보고 손사래를 쳤다. 그러다가 누군가의 얘기를 듣는가 싶더니 미소를 지으며 고개를 끄덕였다.

진은 흐트러진 머리카락을 뒤로 넘기고 앞머리는 가지런히 가다듬고 옷매무새를 매만졌다. 그 모습을 보고 있자니 미소가 절로 지어졌다.

진이 나를 보고 말했다.

"가인아. 잘 지내지?"

진은 나에게 비칠 모습이 신경 쓰이는지 자꾸만 옷매무새를 만졌다.

"이렇게 초췌한 모습을 보여주네."

"아니야. 그렇지 않아. 예뻐."

나는 나도 모르게 중얼거렸다.

"나는 잘 지내. 이곳 사람들도 잘 대해주고 있어."

"그런 것 같아서 나도 마음이 놓인다."

"난 여기서 많은 책을 읽고 있어. 세상이 놀라움으로 가득 차 있는 것만 같아."

"네가 가져온 책 나도 읽었어."

나는 멍청하게 대답하고 있었다. 들리지도 않을 텐데, 바보처럼…….

"아참! 요새는 글도 쓰고 있어. 아직 서툴지만 뭐 누굴 보여주려고 쓰는 건 아니니까. 너와 나의 이야기야."

"난 네가 쓴 글을 읽고 싶어."

"늘 네 걱정을 해. 네 맘도 나와 같을 거로 생각해. 네가 무엇을 선택하든, 난 언제나 네 편이야."

가슴이 벅차올랐다. 눈 주위가 뜨거워지는 것을 느꼈다.

내 편이라고? 넌 그 말이 나에게 무슨 의미인지 아니?

"계속 지켜봐 줄게. 그러니까 힘내!"

이 세상에 나를 믿고 내 편이 되어주고 지켜봐 준다고 말하는 누군가가 있다는 것은 가슴 벅찬 일이다. 그것이 호의에서 비롯되었다 할지라도 말이다. 그건 분명히 내가 나답게 살아갈 수 있게 용기를 북돋아 주는 말이기 때문이다.

"언젠가 네가 올 거라는 거 알아. 내가 널 알아보지 못하겠지만 말이야."

그건 '모의 전투'를 암시하는 말이었다. 진은 자기 죽음을 예감하고 있었다는 뜻이다.

"기다리고 있을게. 날 잊지 마."

영상 편지가 정지했다. 밝게 웃는 모습 그대로, 진이 바로 앞에 있었다. 손을 뻗으면 닿을 만큼 가까이 있었다. 손을 뻗어 진의 얼굴을 만져 보았지만 아무런 촉감도 전해지지 않았다.

"미안해. 이제는 너무 늦어 버렸어."

자책감에 몸서리를 쳤다. 나 자신이 그토록 원망스러웠던 적은 한 번도 없었다.

왜 진이 나에게 메시지를 보냈을 거로 생각하지 못했던 걸까? 일주일이라는 시간이 있었는데, 진이 나를 부르고 있었는데 왜 한 번도 보관함을 열어볼 생각을 안 했던 것일까?

나는 그때 진이 남긴 메시지를 찾기 위해 미친 듯이 책을 읽었다. 오직 진을 만나려고 책을 읽었다. 멍청하게도 엉뚱한 곳에서 진의 메시지를 찾으려고 애를 쓴 것이다. 빌어먹을 책!

시간여행 장치가 개발되면 나는 틀림없이 4년 전, 그때 그 시간으로 돌아갈 것이다. 그리고 보관함을 열어 영상 메시지를 확인하고 진에게 한달음에 달려갈 것이다. 제발, 그럴 수만 있다면!

얼마나 울었는지, 몇 시간 동안이나 그렇게 넋 놓고 있었는지 모르겠다. 그의 말을 듣고서 가까스로 정신을 차렸을 때, 나는 배가 고프다는 사실을 깨달았다. 나는 아직, 혼자서 살아남아 있는 것이다.

"내일 밤, 도시에서 대규모의 전투가 있을 거야."

그는 영상 편지가 개봉되는 순간, '식민지 해방 전선'이 도시를 공격하기 위한 준비를 시작할 거라고 말했다.

"네가 '예'라고 말하면, 자정 무렵에 너희 학교 5구역을 폭파하겠다."

"도살장 말이군요."

그에게 들은 이야기 중 가장 반가운 말이었다.

"이드를 깨워 탈출시켜라. 만약, 네가 원하지 않는다면 너희 학교는 안전할 거다."

그는 '이드'를 깨우는 방법과 탈출 방법, 그리고 작전 계획을 나에게 설명해 주었다.

그는 '이드'가 자아를 존중하는 법을 알게 된다면, 자신의 존재를 인식하고 자유의지를 갖게 될 거라고 말했다. 그렇게 해서 유저와의 접속 없이도 자아를 가지고 행동할 수 있다고 말했다. '식민지 해방 전선'의 개량된 '이드' 부대 역시 그런 과정을 통해 자아를 가지게 된 것이라는 말도 덧붙였다.

"왜 나에게 이런 말을 하는 거죠?"

"진이 너에게 준 마지막 기회이니까."

"진이 내게 준 기회?"

5도살장을 폭파하는 게 진이 꾸민 일이라고? 세상을 바꾸기 위해서? 진은 정말 세상을 바꿀 수 있다고 믿었던 거야?

"정부에서 곧 알게 될 거예요."

"그렇겠지."

"당신의 정보도 밝혀질 거고요."

"삭제될 뿐이지. 이제, 네 선택만 남았다."

선택의 여지는 없었다. 진이 내게 준 기회라면 더더욱 그랬다.

삶이라는 것은 나를 조금씩 더 알아가는 과정이라고 생각한다. 자기 내면을 탐사하는 일…… 그러므로 사람은 누구나 최선의 선택을 한다고 믿는다. 따라서 어떻게 생각하고 무엇을 선택하든 그것은 늘 옳은 일일 것이다. 무엇이 내 안에서 어떤 행동을 해야 할지 말해 주고 있는 것 같았다.

그들은 '예' 또는 '아니오.'라는 단어를 선택하는 내 결정을 무려 4년

동안 기다려왔다. 나를 지켜봐 주는 누군가를 실망하게 하는 일은 마음 아픈 일이다. 내가 원했건 원치 않았건 나는 이미 그들과 한배를 탄 운명이었다.

나는 주저 없이 '예'라고 대답했다.

"행운을 빌어주마."

나를 바라보는 그의 눈빛에는 동정도, 배려도 없었다.

나는 '자유연합'의 테러리스트가 되었다. 잊혔던 그들의 테러 계획이 4년이라는 시간을 기다려 온 뒤, 내 손끝에서 시작되는 것이다. 나는 적어도 죽은 이의 대변인에게만큼은 자유를 찾아 줄 수 있을 것이다.

"사랑하는 내 동생. 가희야."

나는 가희의 방을 다시 찾아갔다.

"오빠. 왜?"

무심결에 대답한 가희가 자신의 실수를 깨닫기까지는 그리 오래 걸리지 않았다. 뒤를 돌아보았을 때 자신보다 어린 나를 바라볼 수 있었으니까.

"왜 난 아직도 그대로인 거지?"

가희의 눈빛이 흔들렸다.

"아! 오빠."

가희가 울먹이며 나를 내려다보았다.

"난 대체 누구지?"

"오빠가 누구든, 오빠는 언제나 내 오빠야. 영원히."

기억하고 있다. 가희가 내 동생이었을 때, 언젠가 내게 했던 말이다.

"모든 게 변했는데 왜 나만 그대로인 거지? 난 괴물인가?"

"아니야."

가희가 고개를 절레절레 흔들며 말을 이었다.

"오빠는 영원히 늙지 않는 아이일 뿐이야."

아무런 감흥도 없었다.

"난 자라지도, 늙지도, 죽지도 않는 거야?"

가희가 고개를 끄덕였다.

"나는 언제나 제자리에서 빙빙 맴도는 거구나. 이렇게."

나는 두 팔을 활짝 펴고 그 자리에서 빙빙 돌아보았다. 재미있었다.

내 모습을 본 가희가 울음을 터뜨렸다.

"사랑하는 내 동생 가희야. 나는 내가 누군지 모르겠어."

머리가 어지러워서 바닥에 털썩 주저앉으며 말했다.

"그냥 잊어버려."

가희의 말에 마음이 아팠다.

"잊어버리라고?"

내가 누군가에게 했던 말이 기억났다. 누군가에게. 물론 그건 진심이
아니었다.

"넌, 내가 진짜 나로 사는 걸 원치 않는 거니?"

"난 오빠가 상처받지 않기를 원해."

훌쩍 커버려서 이제는 숙녀가 다 된 가희가 나에게 말했다.

"오빠를 위해서야. 나를 위해서이기도 하고. 내가 항상 오빠 옆에 있
어 줄게. 그러니까 떠난다고 말하지 마."

"미안해. 가희야. 난 그럴 수 없을 것 같아. 학교로 돌아갈래."

"돌아가서 뭘 하려고?"

나는 점점 굳어지는 표정을 감추려고 발랄한 목소리로 대답했다.

"모두 다 죽여 버릴 거야."

가희는 울음을 멈추더니 목청을 가다듬었다.

"알았어. 그게 오빠가 진정으로 원하는 거라면 그렇게 해. 난 언제나 오빠 편이야."

가슴 깊은 곳에서 무언가가 울컥 올라오는 걸 느꼈다. 눈물이 나올 것만 같았다.

"곁에 있어 주지 못해서 미안해. 가희야. 오빠는 널 많이 사랑해."

기숙사에 잠입하는 것은 어렵지 않았다.

방학 중이라 아이들은 하나도 없었다. 자정이 되려면 반나절을 더 기다려야 했지만, 시간은 좀처럼 흐를 생각이 없는 듯했다. 더디게 흐르는 시간 때문에 초조해 미칠 지경이었다.

나는 긴장과 조바심을 달래려고 침대에 누워 이번 일에 대해 곰곰이 생각해보았다.

그는 이번 테러가 '식민지 해방 전선'과 '자유연합'의 양동작전이라고 말했다. '식민지 해방 전선'이 '지구연방'의 도시를 잇는 지하터널을 폭파하고 침투해서 도시 관리국을 교란하면, '자유연합이' 5 도살장을 폭파한다. 나는 그 혼란을 틈타서 '이드'를 데리고 지하터널로 빠져나가면 된다. 계획은 간단하고 명료했다. 계획의 최종 목적이자 작전의 성패를 가름하는 결정적인 역할은 순전히 내 몫이었다. 그러나 내 '이드'를 무슨 수로 깨울 수 있다는 말인가? 젠장!

폭발음에 퍼뜩 놀라며 잠에서 깼다. 시작된 모양이었다.

연달아 들려오는 폭발음은 점점 더 가까워지고 있었다. 창밖을 내다보니 교정 너머로 화염에 휩싸인 도시가 보였다. 거주 구역은 아니지만, 도시가 직접적인 공격을 당한다는 게 아무래도 마음에 걸렸다.

자정이 되려면 20여 분도 채 남지 않은 상황이었다. '자유연합'이 학교로 들이닥치기 전에 '이드'를 찾아야 했다.

잠도 충분히 잔 데다 틀을 깬다는 사실에 고무되어 무척이나 들뜬 상태였다. '이드'를 찾기 위해 제한구역을 탐험하는 일은 우리 학교 학생 중 누구도 하지 않았던 일이다. 그것은 누군가 금지하는 일을 하는 것, 그래서 위험을 감수해야 하는 일이기도 했다. 정말 근사했다. 어느새 내게는 항로에서 벗어나는 일탈 행위가 꽤 익숙해진 것 같았다.

나는 도살장으로 달려가 제한구역을 하나둘 뒤지기 시작했다. 카메라와 센서가 내 뒤를 바짝 쫓았지만, 이곳에서 활개를 친다 한들 나를 제지할 사람은 아무도 없다. 도시에서 벌어진 테러로 골머리를 앓고 있을 테니까.

5구역은 생각보다 넓었고 처음 보는 낯선 시설들이 꽤 많았다. 수송선이 여러 척 있는 격납고도 있었고, 정비실과 군수공장, 병원과 실험실도 있었다. 학교 안에 이런 장소가 있을 거라고는 꿈에도 생각해보지 않았다.

'이드'를 찾겠다는 일념 하나로 제한구역을 샅샅이 뒤진 끝에 소속 길드의 번호가 새겨진 격납고를 찾았다. 그곳에는 셀 수 없이 많은 수조가 죽 늘어서 있었다.

"이런 세상에!"

눈 앞에 펼쳐진 광경은 몽롱한 꿈속에서 헤매는 것처럼 비현실적인 느낌이었다. 현실 감각을 되찾기까지 짧지 않은 시간이 흘렀다.

나는 수조에서 눈을 뗄 수가 없었다. 소속 클랜 번호가 새겨진 각각의 수조 안에는 '이드'가 하나씩 들어있었고, '이드'의 상태에 대한 설명이 그래프로 표시되어 있었다.

형체를 알 수 없는 검은 덩어리가 마음속 깊은 곳에서부터 꾸역꾸역 밀려 올라왔다. 밖으로 쏟아져 나오려는 구역을 도저히 참을 수가 없었다.

검은 덩어리를 모두 토해낸 뒤, 나는 내 '이드'를 찾기 시작했다. 그러다 그 녀석을 보았다. 헛웃음이 피식하고 새어 나왔다. 강하 도중 접속에서 해제되었는지 녀석은 새파랗게 질린 얼굴을 하고 있었기 때문이다. 귀여운 녀석……

내 '이드'는 한눈에 알아볼 수 있었다. 잘려나간 팔 그루터기에 재생된 흔적이 남아 있기 때문이다. 실제 '이드'를 처음 보았지만 더는 혐오스럽지 않았다. 마치 거울을 보는 것 같은 느낌이랄까? 나는 이제야 비로소 내 모든 것을 있는 그대로 받아들일 수 있게 된 것이다.

나는 수조에 얼굴을 바짝 들이대고 '이드'에게 눈을 맞춰보았다.

"이봐. 눈을 떠봐."

'이드'는 잠을 자는 것 같았다. 너무나 깊은 잠에 빠져서 꿈속에서 헤어 나오지 못하고 있는 것 같았다.

"일어나. 제발."

이 녀석과 어떻게 교감을 해야 할까? 어떻게 자아를 심어줄 수 있지?

방법을 알 수 없었다. 그러나 자아와 '이드'가 분리될 수 있다면, 다시 결합하는 일도 가능할 것이다.

그는 '이드'가 자신을 스스로 자각하게 만들어야 한다고 말했다. 껍질이 아니라 자유의지를 가진 진짜 존재가 되도록.

퍼뜩 한 가지 방법이 떠올랐다. 어쩌면 의외로 간단한 일일지도 모르겠다. 결과가 어떻게 될지는 모르지만 한 번 시도해 보기로 마음먹었다.

나는 수조를 개방해서 그 안에 담긴 물이 모두 빠져나가도록 했다. 그리고 '이드'에 접속하기 위해 길드 격납고를 빠져나왔다. 그 순간, 학교에서 폭발음이 들렸다. 계획은 한 치의 오차 없이 진행되고 있었다. '지구연방' 도시 관리국 순찰선이 서치라이트를 쏘아대며 학교 주위를 맴돌았고 가까운 곳에서 산발적인 총성이 울리기도 했다. 하늘에 떠 있는 소방선에서 쏟아져 나온 소화 드론들이 화재진압을 시작했다. 화재를 모두 진압하기 전까지 다른 움직임은 신경 쓰지 않을 것이다.

화염에 휩싸인 교정을 보자 마음 한편이 아려왔다. 내가 얼마나 오랜 시간을 학교에 머물렀는지 모르지만, 대충 어림잡아 한 10년에서 12년 정도는 될 것 같았다. 그러니 정이 안 들었다면 더 이상한 일이겠지.

나는 클랜의 전투실에 잠입하여 시뮬레이터 캡슐을 타고 '이드'에 접속했다.

「이드가인.」

나는 이름을 불렀다.

이드에게 자아를 심어주기 위해 내가 생각해 낸 것은, 다름 아닌 이름을 지어주는 일이었다. 이름을 지어주면 자신을 존중할 수 있을 것 같은 생각이 들었다.

「일어나.」

이드가인은 아무런 대답이 없었다.

「움직여. 여기서 빠져나가야 해.」

「그래.」

이드가인은 한참 만에 대답했다.

이제부터 어떻게 해야 할까?

늘 수송선에서 접속이 되었기 때문에 이곳을 어떻게 빠져나가야 할지 알 수 없었다.

나는 이드가인에게 말했다.

「내 말 잘 들어. 이드가인. 이제 나는 접속을 끊을 거야. 지금부터 너는 나 없이 네 의지로 움직여야 해. 걱정할 거 없어. 내가 너를 만나러 갈 거니까. 그리고 나서 이곳을 빠져나갈 거야. 그러니까 내가 널 만나러 갈 동안, 네가 움직일 수 있으면 좋겠어. 내 말 알아들었니?」

나는 이드가인에게 내 기억을 전달해 주며, 같은 말을 수도 없이 반복했다.

「왜 나를 이드가인이라고 부르지?」

한참 만에 이드가인이 물었다.

「너는 특별해. 왜냐하면, 네가 바로 진짜이기 때문이야.」

이드가인은 또 입을 다물었다.

「할 수 있어?」

「그래.」

나는 시뮬레이터 캡슐에서 빠져나와 이드가인이 있는 길드 격납고로 달려갔다.

이드가인이 수조 안에서 움직이고 있었다. 오로지 자신의 의지대로 말이다. 그 모습은 마치 걸음마를 처음 배우는 아기 같았다.

이드가인이 나를 바라보며 말했다.

「답답해.」

"알아. 이제 가야 해."

내가 말했다.

「어떻게?」

"네 맘대로 해."

「부셔도 돼?」

"그래! 부숴버려!"

이드가인은 화끈하고 박력이 넘쳤다. 자신이 갇혀 있던 수조를 산산조각내 버린 것이다.

「난 누구지?」

수조 안에서 빠져나온 이드가인이 물었다.

"말해 줬잖아. 넌 이드가인이야."

「난 누구지?」

"너는 나야. 나는 너고. 우리는 쌍둥이 형제야."

「쌍둥이 형제? 난 누구지?」

"우린 그저 소모품에 불과해."

「그럼, 넌 누구지?」

"나도 너와 다르지 않아. 네가 바로 나니까."

내가 말했다.

「그럼, 네가 나구나?」

이드가인은 이제야 말귀를 알아듣는 것 같았다. 덩치만 컸다 뿐이지 머릿속은 텅 빈 녀석이었다.

나는 이드가인에게 못다 한 내 기억을 전달해 주며 불필요한 교전을 피하고 탈출 루트인 지하터널로 가라고 말해 주었다. 그리고 '지구연방'의 도시 관리국 순찰대가 아니라 '식민지 해방 전선'이나 '자유연합'을 찾아가라고 말해 주었다. 이드가인은 알았다고 대답했다. 꼭 말 잘 듣는 동생 같았다.

'이드'로 살아가면서 전투를 피할 수는 없다. 그래서 사람을 죽이면 안 된다는 말은 차마 할 수 없었다. 그 대신 살아가면서 꼭 지켜야 할 몇 가지를 알려 주었다.

첫째, 애완동물과 어린아이, 그리고 여성은 항상 보호해 줄 것!

둘째, 선택에는 책임이 뒤따른다는 것을 꼭 명심할 것!

셋째, 사람을 쉽게 믿지 말고, 자신을 스스로 지킬 것!

넷째, 책을 읽을 것!

다섯째, 자신만의 이야기를 만들 수 있는 추억을 가질 것!

마지막으로 혐오스럽지만 '고기'는 꽤 맛이 좋다는 것! 이것은 편견에 대한 교훈이다.

해주고 싶은 얘기가 많지만 다 하려면 밤을 새워도 모자랄 것 같았다. 그래서 이 정도로 끝냈다.

말을 마치자 이드가인이 나는 몇 번에 해당하느냐고 물었다. 그래서 다섯째, 추억이라고 대답해 주었다. 그런데 이드가인은 그동안 무엇을 먹었는지 물어보지 못했다.

험난한 세상을 헤쳐 나가야 할 텐데, 뭐 알아서 잘 챙겨 먹겠지. 괜한 걱정은 하지 말자.

"나는 같이 못 가. 너 혼자 가야 해."

나는 돌아가야 한다. 아직 가져오지 못한 게 있기 때문이다.

「어디가?」

"나의 도시로."

「왜?」

이드가인이 물었다.

세상을 바꾸려는 게 아니다. 바꾸고 싶은 생각도 없다. 정신 감정 분석 평가표에도 나와 있듯이 나는 그럴 배짱이나 용기가 없다. 나는 바꿀 수 있는 것과 바꿀 수 없는 것을 분별할 수 있는 지혜와 그것을 받아들이는 평정심을 갖고 있다. 그러니 혹여라도 내가 세상을 바꾸는 모험을 하리라고는 기대 마시길!

「왜?」

이드가인이 재차 물어서 귀찮았다.

"진이 있어."

「진은 죽었어. 기억하고 있어.」

"아니야. 진은 살아있어. 진의 이드를 봤어."

내가 대답했다.

나는 진의 '이드'를 보았다. 얼굴이 새파랗게 질린 그 녀석 말이다. 진은 강하를 끔찍이도 싫어했다. 진의 '이드'가 있으니 어딘가에 진도 있을 것이다.

「진은 너를 모를 거야.」

이드가인이 말했다.

"나도 알아."

「진이 아니야. 네가 알던. 새로운 진은. 모든 게 백지상태야.」

"상관없어. 그게 무슨 상관이야?"

내가 되물었다.

「죽게 될 거야. 널 가만두지 않을 거야. 그들이.」

"난, 이제 괜찮아. 네가 있잖아."

「나는, 내가 죽는 것을 원치 않아.」

이드가인은 손가락으로 나를 가리키며 말했다.

"나는 죽지 않아. 이 불친절한 우주에는 또 다른 내가 존재하니까."

나는 이드가인을 손가락으로 가리키며 말했다.

「그럼, 잘 가. 나.」

이드가인이 나에게 이별을 고했다.

"너도 잘 가. 또 다른 나."

나도 이드가인에게 이별을 고했다.

내 이름은 가인. 아니, 이제부터 이드가인이다.

나는 진을 찾으러 나의 도시로 간다. 그녀를 만나러 가는 내 가슴은 설렌다. 진은 내게 영감을 주고 나의 가치를 발견하게 한 사람이기 때문이다.

내가 정말 그녀를 찾을 수 있을지 알 수 없다. 모든 게 불확실하기만 하다. 내가 몇 번째 가인인지 모르는 것처럼, 그녀 역시 몇 번째 진인지 알 수 없다. 분명한 단 한 가지의 사실은 그녀는 나를 알아보지 못할 거라는 것뿐이다. 그래도 상관없다. 내가 알아볼 수 있으니까. 나는 안다. 그래서 나는 진을 찾으러 간다.

나는 나의 도시를 향해 달리기 시작했다. 자, 이제부터 내 진짜 인생의 서막이 열리는 것이다.

아참! 그런데 진을 다시 만나면 무슨 말부터 해야 하지?

난 이렇게 물을 것이다.

"안녕, 진. 그동안 어떻게 지냈니?"

그러면 진은 이렇게 대답할 것이다.

"뭐. 그냥저냥."

난 웃을 것이다. 그러면 진도 따라 웃을 것이다. 그러면 진이 그토록 궁금해했던 얘기. 기회를 놓쳐버려서 미처 하지 못했던 얘기를 해야지.

"나도 네 생각에 동의해. 언제나 네 생각이 옳았어."

조금 다를 뿐 진의 생각이 틀리지 않았으며, 나 역시 깊이 공감한다는 것을 꼭 알려주고 싶다. 그리고 이런 이야기를 해주어야겠다.

"처음에는 관심이 없었어. 나는 바빴고 늘 무언가에 골몰해 있었으니까. 그런데 네가 나에게 왔어. 아니다. 내가 너를 깨닫게 된 거지. 너와 보낸 시간이 짧아서 너무나 아쉬워."

그리고 또 이런 이야기를 해주고 싶다.

"나는 늘 네가 위태로워 보였어."

그러면 진이 왜냐고 물을 것이다. 그럼 이렇게 말해 주어야지.

"너는 나와 다르지 않으니까."

또, 이런 것도 물어볼 것이다.

"나는 너를 좋아해. 너는 나를 좋아하니?"

그러면 진은 이렇게 대답할 것이다.

"나도 너를 좋아해. 너도 나를 좋아하니?"

생각만 했을 뿐인데 달리는 내내 웃음이 입가에서 떠나질 않는다.

창백한 달이 밤하늘에 한가로이 떠 있다. 내 머리 위로 달빛이 일렁인다. 그럼, 내 쌍둥이 형제, 내 추억, 그리고 나…….

익숙했던 모든 것에게 안녕!

작가의 말

　원격현전(遠隔現前), 텔레프레전스(telepresence) 기술이 인간의 감각까지 계산하여 가상세계에 구현할 수 있게 된 미래사회. 가짜와 진짜 세상에서의 경험이 기억으로 공존합니다.

　외계와의 접촉으로 지구 생명체의 3분의 2가 절멸한 지 200년이 지난 뒤, 생존자들은 방벽으로 둘러싸인 도시 국가를 이루고 〈지구연방〉을 형성합니다. 〈지구연방〉은 외계 종족의 형상을 본떠 만든 〈이드〉라는 기갑 병기를 만들고 2차 침공을 대비합니다. 그리고 인류의 손실을 최소화하기 위해 〈모의 전투〉라는 전략 시뮬레이션 게임을 개발하여 특수목적 고등학교에 다니는 아이들에게 〈모의 전투〉를 치르게 합니다. 1차 침공으로 대재앙을 일으킨 뒤 외계 종족이 그들의 일부와 다양한 외계생물을 지구에 남겨두어 자연 식민지 과정을 진행하기 때문입니다.

　〈모의 전투〉의 유저는 자아〈ego〉가 되어, 가상세계의 매개체이자 아바타인 게임 캐릭터〈이드(id)〉를 이용해 전투에 참여합니다. 이때, 유저는 실시간으로 전달되는 감각을 통해 진짜 같은 전투 경험을 공유하게 됩니다.

'가인'이는 학기말시험을 치르면서 몹이 말을 하는 이상한 경험을 합니다. 낙제에 대한 부담으로 아무에게도 말하지 못하고 시스템의 오류라고 치부하지만 뜻밖에 같은 반 친구 '진'도 자신과 같은 경험을 했다는 사실을 알게 됩니다. 재시험을 치르던 중 '가인'과 '진'은 어린아이의 울음소리를 듣는 불가사의한 경험을 하는데 주임 선생님은 〈모의 전투〉에는 어린아이가 없다며 몹을 죽이라고 명령합니다. 윤리적 딜레마에 빠진 가인이와 진은 어떤 선택을 할까요? 그들에게는 어떤 일이 생길까요?

〈이니셜라이즈〉는 텔레프레전스 기술이 인간의 감각을 계산하여 가상세계에 구현할 수 있게 된 미래사회를 배경으로 전쟁에 비유되는 대학 입시 환경을 게임으로 은유하고, SF 장르로 희화화하며 윤리적 딜레마와 인간의 본성을 성찰하는 청소년 성장소설입니다. 게임에 대한 정신분석 은유이며, 학력 문제, 교우관계 그리고 최근 다양하게 논의되고 있는 메타버스를 소재로 자아를 찾는 여정을 통해 성장해 가는 소년의 이야기를 영웅신화 구조에 대입했습니다. 로버트 A. 하인라인 〈스타십 트루퍼스〉, 오슨 스콧 카드의 〈엔더의 게임〉에서 영감을 받았으며, 커트 보네거트의 〈제5도살장〉에서 인용한 부분이 있습니다.

2023년 가을
임동일